新潮文庫

決定版

快読シェイクスピア

河合隼雄
松岡和子 著

新潮社版

目次

プロローグ　シェイクスピアとカワイハヤオ……松岡和子　8

ロミオとジュリエット　11
なぜジュリエットは十四歳なのでしょう？
【対談の余白に】歓びを愛によって殺す……河合隼雄　44
お礼状……松岡和子　46

間違いの喜劇　51
双子の運命やいかに
【対談の余白に】「兄弟」と「未来」に隠されたもの……松岡和子　96

夏の夜の夢　105
シェイクスピアの眠りと夢と

十二夜　145
〝憂い顔の喜劇〟の面白さ
【対談の余白に】ヴァイオラとルツィドール　……… 河合隼雄　168
ハムレット　177
ハムレットの三十年の人生
【対談の余白に】「誰だ？」で始まる理由　……… 松岡和子　209
リチャード三世　215
悪党は、なぜ興味つきないのでしょう？
エピローグ　一度読んだらつぎつぎと　……… 河合隼雄　248
文庫版　あとがきに代えて　……… 松岡和子・河合隼雄　251

増補
リア王　264
マクベス　271
ウィンザーの陽気な女房たち　280
お気に召すまま　285
決定版増補
タイタス・アンドロニカス　295
増補版　あとがき……………………松岡和子　307
十年間で最大の朗報　決定版　あとがきに代えて　…　松岡和子　313

決定版 快読シェイクスピア

プロローグ　シェイクスピアとカワイハヤオ

松岡和子

一九九七年十二月二十日の私のシステム手帳への記入——「河合隼雄氏と対談」。

初対面でお待たせしては失礼だと、早めに指定の場所に着いたのだが、先生はもう応接室のテーブルを前にくつろいでおいでだった。ただでさえ緊張していたのに、お蔭《かげ》で頭にかっと血が上り緊張の度は一気に高まる。コートを脱ぐのもそこそこに、「はじめまして」に始まって自己紹介のご挨拶《あいさつ》をする。

「……金森さんも私も、河合先生の大ファンなのです」

「いやあ、最近そう言われることが多くてね、困ってるんですよ」

「……？」

「ファン神経症でね」

「！！！！」

一気に高まっていた緊張は、「ワハハハハ」の大笑いでまた一気にほぐれた。

これが『快読シェイクスピア』の幕開け。

座右の銘というほどの立派なモットーを持っているわけではないけれど、来し方を振り返り、「何かをしようとするとき、私はこの二つの姿勢を支えにしてるんだ」と最近になって気づいた。その二つとは、「念ずれば通ず」と「駄目でもともと」。

先ごろ、あるイヴェントの企画・運営に参加した。企画書の出演者・出席者の顔ぶれを見て、大方の人が「とても無理」と言ったのだが、「……さんがどうかこの依頼を受けてくれますように」という一念と、「駄目でもともと」と捨て身で直接交渉に当たった賜物《たまもの》か、全員からＯＫが取れた。潔《いさぎよ》い断念を背にした究極の前向き姿勢は無敵である。

ところで私は、この二つの行動原理に支えられていると思われる人物をもう一人発見していた。演劇プロデューサー、金森美彌子《みやこ》さんだ。

彩の国さいたま芸術劇場は一九九七年に「彩の国シェイクスピア・シリーズ」を立ち上げ、蜷川幸雄《にながわゆきお》芸術監督のもと翌年一月の第一回公演は『ロミオとジュリエット』に決定した。上演準備と同時に公演パンフレットの企画・編集も始まった。パンフレットのために「河合隼雄と松岡和子のシリーズ対談」を発想したのは金森さんだ。私も河合隼雄さんとその著作を敬愛することにかけては人後に落ちないと自認しているが、彼女は私以上に河合さんのご著書を読んでいる。

ご承知のとおり河合さんは、児童文学やファンタジーをはじめ古今東西の文学作品に造詣《ぞうけい》が深く、その蓄積とご専門のユング心理学や箱庭療法に裏付けられた著作や対談集が、多くの読者を魅了しているのは周知のとおり。その河合さんがシェイクスピアを語って下さったらどんなに素敵だろう……。演劇と臨床心理学の違いはあっても、人間の心の在り方や動きへの深い洞察が両者の共通項だからだ。我々は念じた。「駄目でもともと」と思いつつ。

待つことしばし……。ご快諾いただけたとの朗報に、私は歓声を上げた。

シェイクスピアの三十七本の戯曲のうち、これまで本書に収められた六本について語り合った。毎回が驚きと歓《よろこ》びの連続だった。私がどう驚き歓んだかは、本書をお読みになればお分かりいただけると思う。私の役目は河合さんとシェイクスピアの仲人《なこうど》といったところだが、没後四百年も間近なシェイクスピアも、東洋の国で同じように駄洒落《だじゃれ》を愛するカワイハヤオに巡り合えて嬉《うれ》しがっているに違いない。

それにしても、「念ずれば通ず・駄目でもともと」主義の力を改めて感じないではいられない。これからも何事につけ行動開始のときの左右の両輪にしていこう。となると「座右の銘」ならぬ「左右の銘」ですね。

ロミオとジュリエット

なぜジュリエットは十四歳なのでしょう？

よく知られているように『ロミオとジュリエット』には下敷きがある。十六世紀イタリアの聖職者・宮廷人・軍人のマッテオ・バンデッロが書き、フランス語訳を経てイギリスのアーサー・ブルックが英訳した『ロミウスとジュリエットの悲劇の物語』（一五六二年出版）がそれだ。シェイクスピアは、プロットや人物をはじめ多くをこの種本に負っているけれど、そこに加えた改変こそがロミウスの悲恋物語ではなく『ロミオとジュリエット』を不滅のものにしていると言えるだろう。

まずはジュリエットの年齢。種本のジュリエットは十六歳だが、シェイクスピアは「十四歳の誕生日もまだ」と二歳以上も若くした。前者は嬉《うれ》しいにつけ悲しいにつけ、しょっちゅう泣くし、くよくよしたり気を失ったりするので、かなり弱い女の子という印象を受けるが、シェイクスピアのジュリエットは、結婚に関してもイニシャティヴを取るし、結構きかん気な「強い」女の子だ。

また、種本では主人公二人が出会ってから死ぬまでの期間は約半年にわたるのだが、シェイクスピアはそれを五日足らずに短縮している。ジュリエットの低年齢化とプロット全体の時間の短縮。この二点の改変によって恋人たちの若さと恋の純粋さが強調される。

以上の改変に優《まさ》るとも劣らない重要性を持っているのは、主人公二人を取り巻く多様な人物たちだ。

シェイクスピアは、種本ではいわば出番の少ない「ちょい役」であるマキューシオやティボルトを大きくふくらませた。下世話で品のない冗談を連発する乳母もまたしかり。マキューシオと乳母は二人ながら恋というものを常に性愛のレベルに落すのだが、これがロミオとジュリエットの恋の純化に一役買っている。

ところで、シェイクスピアは、恋する男女の名前を冠した恋愛悲劇を三本書いている。『ロミオとジュリエット』『トロイラスとクレシダ』『アントニーとクレオパトラ』である。三組の主人公たちの年齢的な違いを見ると、それぞれティーンエイジャー、二十代、中年となる。だが背景には共通点がある。広い意味での戦争が、すなわち不和・反目が、恋人たちに覆《おお》い被《かぶ》さっているのだ。モンタギュー家とキャピュレット家の対立、ギリシアとトロイが戦ったトロイ戦争、そしてローマ帝国とエジプトとの戦争である。

面白いのは、主人公たちの年齢が上がるにつれて、彼らの恋愛の障害となる二つの陣営の争い・戦争のスケールが大きくなっていることだ。シェイクスピアは、恋する主人公を取り巻く「戦争」とそれに付随する「禁止」が悲恋を成立させる必要条件であり、恋人たちの年齢が上がれば、その成立条件としての障害も大きくならねばならないと暗に言っているようだ。

三組の恋人たちのうち、ロミオとジュリエットの恋が最もピュアであり、最も短命であるのは言うまでもない。主人公を取り巻く人物たちの喜劇性も『ロミオとジュリエット』が最も強い。生きるため、恋を成就《じょうじゅ》するための行動が、結果として死を招いてしまうという皮肉も。『ロミオとジュリエット』では、喜劇の中を若さそのものと恋の悲劇が全力疾走している。シェイクスピアは、種本を換骨奪胎《かんこつだったい》することによってそれを成し遂げたのである。

（松岡和子）

物語の原型

松岡　私は今、シェイクスピア全三十七作の翻訳に取り組んでいるところですが、その前からシェイクスピアを読んだり考えたりするとき、先生のご著書にずいぶん助けられました。シェイクスピアの登場人物、たとえばマクベスなどを、フロイトが症例として取り上げるという例はあるんですけど、ユングの方からシェイクスピアを見たらどうなのかしら、という思いが常々ありまして、もともと河合先生の大ファンだったので、いつか、ぜひ河合先生にお聞きしたいと思っていました。

河合　そうですか。私もシェイクスピアにはずっと興味がありまして……。

松岡　私、以前にアッと思った経験がありまして、そのことからお話ししたいんです。シェイクスピアの後期ロマンス劇に、『ペリクリーズ』という作品があります。その舞台を見る前日にたまたま『小栗《おぐり》判官《はんがん》照手《てるて》姫《ひめ》*』を見て、小栗の記憶を残したまま『ペリクリーズ』を見たんです。苦界《くがい》に身を沈めたマリーナが、女を買いに来た男たちにお説教をして「清く正しい」生活に立ちかえらせるという場面で、あら、照手姫とマリーナとは同じだわ、と思った。ユングでいう元型といいますか、そういうものがシェイクスピアのどの物語の中にもあって、それが作品の寿命の長さと関係があるんじゃないかと。これはぜひとも、一作一作河合さんに読み解いていただきたいという思いがまずあって……。それから、実際に心理療法家として、様々な悩みとか生きるむずかしさを抱える、今を生きているクライアントとの接触がおありになるわけですから、河合さんの読み解かれたものが、今の人たちの中にどういう形で見て取れるか、あるいはどういう違いがあるのか、というようなことを、一回一回お聞きしたいと思っているんです。

河合　ユング的な解釈といったことはできないかもしれませんが、現代に生きる人にとってどういう意味があるか、という点ではお話しできることが随分とあるように思います。松岡さんが今おっしゃったように、これだけ長い生命を持っているということは、人間の最も根本的なことを描いているからで、時代を超え、文化を超えて存在する絶対的な意味を持っていると思います。それから、私は、演劇に関してはまったくの素人《しろうと》ですので、素人の目から見てどうか、という点では、一般のかたとの媒介者としてお話しできると思います。

松岡　私なんかは、学生時代からシェイクスピアを読んで来て、とうとう翻訳をする所までハマってしまうと、そのつどフレッシュな感覚で当たろうと思っていても、何か囚《とら》われているところがあるかもしれませんので、そういう所に風穴を開けていただきたいという風にも思います。

いかがですか、『ロミオとジュリエット』をお読みになってみて……。

＊『小栗判官照手姫』伝説上の人物小栗判官は常陸《ひたち》の小栗城主。照手と結婚するが、横山一族に殺され餓鬼の姿になる。藤沢の上人《しょうにん》の力で蘇《よみがえ》り、照手の引く車で熊野《くまの》本宮へ行き、元の姿に戻る。説教節・浄瑠璃《じょうるり》にもなっている。私は小栗ゆかりの藤沢・遊行寺《ゆぎょうじ》における横浜ボートシアターの舞台も見たが、『ペリクリーズ』の前に見たのは市川猿之助《えんのすけ》のスーパーカブキ版『オグリ』。〈松岡＝M〉

秘密と嘘《うそ》

河合　大学時代に読んで、それから一度バレエ映画を見ているんですが、その後随分と間隔が空きまして……。今度読み直してみて、すごく感激しました。端的に言うと、思春期の心を描いているという点で最高だと思います。今、十四歳という年齢が問題になっていますね。ジュリエットは、まさにその十四歳。その心を描いている。シェイクスピアがどこまで意図したかは分かりませんが……。

松岡　その年齢のことなんですが、この作品には下敷き*がありまして、長い長い、説教臭い物語なんです。そこでのジュリエットは十六歳。それを十四歳の誕生日を迎える直前に引き下げたというのは、シェイクスピアはやはり、若さということを意識しているんだと思うんです。私、『すべての季節のシェイクスピア』（筑摩書房）の中で、『ロミオとジュリエット』も取り上げて、そこでも書いたんですが、先生の『子どもの宇宙』（岩波新書）を読んでいて、ジュリエットの成長というのが分かった気がしたんです。子供が大人に向かって成長する時、秘密を持つ、という要素がすごく大きいと書いてらっしゃいますよね。ジュリエットは、四日間で十四歳の少女から大人の女に急成長するんですけど、その成長のキッカケというか一番の元は、恋をするということもあるんですが、それ以上に、秘密を持ったからだと。おかげでとても納得できました。

河合　演劇というものの素晴らしさでもありますね。今おっしゃったように、パッと人間が変わる、その数日間の出来事を舞台化している。子供が大人になるというのはどんなに凄《すさ》まじいことかということが見事に書かれていますね。その中に確かに、非常に大事なこととして秘密ということがあって、これは誰でもそうだと思いますが、子供が大人になる時には、大人に知られてはならない秘密を持つことが絶対条件ですね。その秘密の種類や持ち方でいろいろな違いが出て来るんですが、シェイクスピアが書いたのはまさに、その元の形ですね。凄《すご》いですね、これは。

松岡　その秘密ということと関係があると思うんですけど、まず舞踏会でロミオに出会って、大好きになってしまうんですが、その時は名前も知らない。それで、名前を知りたいと思って乳母に聞く時に、当て馬を使いますよね。別の二人の名前を聞いて、三人目に本命のロミオの名前を聞く。あの辺も、何という子供なの！　という気がするんですけれども（笑）。

河合　いえいえ、子供はみんなそれくらいの知恵は持っています。大人は本当にボケていて、自分の方が賢いと思っているのは大間違いなんですよ。子供の方が本当に賢いです。ああいう所は、本当にうまいですね。だから、大人も賢くなると、子供が聞いていることの三番目くらいに注目すればいいんだということが分かるでしょうけど（笑）。

松岡　『秘密と嘘』というイギリス映画がありますけど、まさにジュリエットは、好きになったことを秘密にして、ロミオの名前を聞いたり、あるいは、仇《かたき》の息子を愛してしまったと分かってブツブツ言っている時に、乳母に「なんですか」と聞かれて、「ううん、歌の文句よ」なんて言っている。ああいう風に、秘密と嘘とは、セットになっているんですね。

河合　そうです、セットになっています。そして、秘密のときめきによって出て来る嘘というのは、生き生きしているんですけど、大人になるとそれが、秘密抜きの嘘になって来るため、だんだんと嘘が色褪《いろあ》せて来てしまう。それで、嘘で固めた浮世になって、それはあまり面白くないんですけど、この辺の嘘は生き生きしていますね。背後に秘密を持っているからですね。

松岡　ロミオが追放になった時、お母さんにいろいろ言われると、二重の意味のことを言いますでしょ。あれなんかも、成長の姿ですよね。

河合　お母さんに話を合わせながら、自分の言いたいことを言っていますね。

松岡　河合さんの実際のクライアントの中にも、十四歳くらいのお子さんって、随分いらっしゃるんですか。

河合　はい、とてもむずかしい年頃です。ほとんどの場合は、こんなに言語化できないですよ。秘密にしても、「あの人が好き」とかいう場合は形になりますが、実際にはもっとうごめいていて、つかまえ所がなくて、親に言えない、親に言っても分からないという状態です。そうすると、こういうきれいな形にならなくて、モヤモヤするばかりだから、最後は、「分からないならやってしまえ」ということで、思いもかけない結果が出てしまう。よくよく話をしてみると、背後にその人なりの秘密を持っている。秘密を上手に持って生きて行ける子はいいんですけど、それがうまく行かないから、われわれの所へ来るわけです。何かやってしまって、自分で分からないから聞きに来るんですね。こんな子もいます。「悪いことをして、反省しています。昨日はお寺へ行って、一日中反省して来ました」と言うんですね。「何を反省して来たの」と聞くと、「実は、何を反省していいのか分からないんです」と言うんです（笑）。大人に会ったら、反省していると言わないといけないと思っているんですが、本当は何を反省していいのか分からない。それくらいのことが起こっているんです。すべての少年少女の中で起こっていることですが、それをきれいに劇にして見せたのが、この作品ですね。

＊『ロミオとジュリエット』の下敷き　原話ではロレンスがジュリエットに与える薬が粉薬だったり、乳母が追放になったりと、ジュリエットの年齢以外に

も面白い違いが沢山ある。〈M〉

思春期の世界

松岡　今「分からない」ということをおっしゃいましたが、それとは対照的に、シェイクスピアは、『ロミオとジュリエット』をひとつの結晶として、様々な恋愛を描いていますけれど、だいたいお互いがガッと好きになるんですね。「好きだ」とすぐ「分かる」。ところが、テレビのトレンディドラマなどでは、好きなんだか嫌いなんだか自分でも分からなくて、別の男の子の所へフラフラッと行って、また舞い戻って来たりする、そういう分からなさでドラマをつないで行くというスタイルが主流になっていますよね。そこが、シェイクスピアの描く恋愛と、現代との大きな違いだと思うんですが。

河合　そうですね。恋愛の最も根本的なものはシェイクスピアの描くようなもので、わけもクソもないんですよ。ただ「好き」という事実だけが、ボカンとある。ただ、それがあまりにも美化され過ぎて、ロマンチックなラブというものが定番になり過ぎた。今の若い人は、ちょっとそれに疑いを持っているわけです。せっかく好きになりかけているのに、これは怪しい、こういうのにウッカリ乗ったら大変なことになるのではないかと思って、ウダウダする。そうすると、ウダウダする物語ができ上がるんですけど、やっぱり恋愛の根本は、まったく不可解に好きになるというものだと思いますね。それがとてもうまく書けてますね。特に、この時代だから、ジュリエットなんかは本当はあまり自分から好きだと言ってはいけないんですよね。女性はだいたい、しばらく関係ないような顔をして、ジラして行って成立するようになっているのに、そういうものを全部取り払って、しかも敵に対して起こるというのは、恋愛の本筋だと思います。この作品は悲劇に終わっていますが、僕らが若い時代に見た映画や文学は、恋愛賛美のものが多過ぎたんですね。みんなそれに感激して恋愛し、結婚し、それがいかにつまらないものかということが分かってしまった（笑）。どうもこれは、騙《だま》されてはならないぞという思いの方が、今強くなっているんです。それでどうしても、ウダウダするものが多くなっているんですが、でもやはり、恋愛の中心は、この作品の方にあると思います。

松岡　それと、『ロミオとジュリエット』は、精神だけでなく、全身の恋愛ですよね。で、その周りの人間たちは、ずいぶん下半身の話をしている。このコントラストも、この芝居を面白くしている元だと思うし、世の中の写しにもなっていると思うんですけど。

河合　おっしゃるとおり、世の中の写しにもなっているし、十四歳にもなっているんです。つまり、思春期というのは困難なもので、ものすごい精神性があったり、全身の恋愛をしている反面、まったく肉体だけの世界も持っているわけです。だから、めちゃくちゃ揺れているんですよね。その揺れている下半身側を、男たちが受け持っていて、駄洒落《だじゃれ》*1ばかり飛ばしている。こういった所が、先ほど申し上げた恋愛賛美の話には抜けているんです。恋愛というと、やたら蝶《ちょう》よ花よと言いますが、そんなことはないんです。下半身がなかったら、恋愛にならないでしょ。この時代は、その部分がチャンと書けている。そして、十九世紀くらいになると、いわゆるロマンが現実離れして、変なことになってしまう。そうなる前の話ですから、この男たちの役割にすごく意味があります。今の高校生たちも同じです。精神的な話をしていたかと思うと、急に下半身の話になる。一体愛とは何か、セックスとは何かが分からなくて、やたらいやになったりするわけですよね。それがここではすごく上手に書かれている。だから本当に十四歳、思春期の世界だと思いました。

松岡　この『ロミオとジュリエット』の劇世界そのものが、性に対して非常にオープンですよね。十四になるかならないかの娘に対して、結婚の話をする。その時乳母が、一種の性教育になるような話をしていますよね。「うつ伏せに転びなすったな？　もっとお利口になったら仰向《あおむ》けに転ぶんですよ」とか。このころは、少なくともこの劇世界では、性に対してすごくオープンだったんだなと思いますね。

河合　この世界は、そうだったんじゃないでしょうか。日本でもそうだったんじゃないかと思いますよ。そういうのが、うまく冗談や歌になっていて、正面きって教えるわけではなく、ちょっとズレているけれど、子供たちに知識がドンドン入って行くようになっていたんでしょうね。

松岡　淫靡《いんび》な猥褻《わいせつ》さというと、ちょっと暗くなって、すぐ変質的な方へ行ってしまうかもしれませんけど、おおらかな猥褻さというのは、性の知識を、健康に子供たちに伝える役割をしているようにも感じますが。

河合　写真家のアラーキー（荒木経惟《のぶよし》）さんも書いていますが、猥褻でない恋愛とか、猥褻でない芸術といったものは、つい最近の半端《はんぱ》な考え方ではないでしょうか。特に日本人は、西洋の精神性というものに影響され過ぎた。もともと日本の伝統芸術は、猥褻さをとても上手に持っていた。ところが、それを抜きにして、パッと精神の方に行ってしまったから、シェイクスピアなんていうとやたらとありがたがるため、なんだこの駄洒落は、ということになってしまう。

松岡　ところが実際には、『シェイクスピアの猥語卑語』[*2]という立派な辞書があって、それにまた別の学者が一種の補遺をさらに出すとか、本当にすごいんです。今回の私の翻訳に取り柄があるとしたら、今までの翻訳の中で一番その猥褻さを生かしている点だと思います。一番品がないかもしれない（笑）。

河合　「誤植にあらず」と書いてある部分があって、感激しましたが（笑）。

松岡　そうなんです。「穴があったら入れたい」とマキューシオに言わせているのを、ゲラが返って来た時に、校正の方がクエスチョンマークをつけていたんです。「入りたい」ではないかって。それで、こうこうの理由で誤植にあらずと、註に書いたんです。

河合　残念ですよね。ジョークに註をつけるなんて、こんなバカなことはないですよね。そういうことをやらなければならないほど、今の文化の方がひずんでいるんです。

松岡　私は、誰でも分かると思っていたんですけど、校正の方のクエスチョンがついて来るということは、通じてないわけですよ。通じない人もいるんだったら、ヤボだけど註をつけるしかないと思いまして。

河合　舞台でやる時は、註を書いて出さないといけないですね。「今のはジョークです。お笑いください」と出すと、「ハッハッハ」とやるんじゃないですか（笑）。それと、この作品を読んでいて思い出したんですが、最近僕は日本の物語をたくさん読んでいて、その中に『平中《へいちゅう》物語』＊3という作品があります。男と女の歌のやり取りですが、平中というのは色男で、いろいろな女性と歌のやり取りをしたり、やり取りをした後で実際に女性と交わることもあるし、大失敗したりもしている。今でいうショートショートに歌がいっぱい入っているような作品です。私は芸術的なことは分からない人間なので、和歌はワカらんなんて言って敬遠していたんですが、これを読んでみると、結局ジョークの応酬なんです。掛詞《かけことば》とか縁語とかを使ってチクリとやると、女の方もチクリと言い返す。ただ、そういうものすごいジョークを、美的なもので包んでいる所が日本では違うんですね。日本の場合は、今話題に出たほど直接的な猥褻さは出て来ないんですけど、それでも、歌の中に男女関係のことがあるわけです。たとえばこれは、『平中』ではなく『とりかへばや物語』の中に出て来るんですが、「おまえが処女でなかったことを、俺は知っているぞ」というようなことを、歌の中に書いている。和歌という形式を使って駄洒落とジョークを連発する、そういう伝統があったのに、急に最近なくなって行くんですね。シェイクスピアのあたりでもこんなにあるのに、今の欧米では、ジョークは盛んだけど、駄洒落は少ないですよね。僕は駄洒落が大好きで、何とか復興させたいと思っているんですけど。日本のジョークと、シェイクスピアのジョークとを比較したら、すごく面白いと思いますよ。これからシェイクスピアの話をさせていただく時に、僕は日本の物語をいろいろと読んでいるので、随分と比較ができると思います。この作品を読んでいて、『平中物語』のことをすごく思い出しましたね。

松岡　劇作家の野田秀樹さんと話をした時にも出た話題なんですが、野田さんや井上ひさしさんのようなタイプの劇作家の初期の作品には、洒落や言葉遊びが凄いんですよね。才能が言葉遊びになってあふれ出る。後期へ行くにつれて、そういうものが抑えられて、シンプルになって行くという傾向が見られますね。若いころのあふれるエネルギーが、言葉の遊びという形で発散される。だから、河合さんも駄洒落がお好きだというのは、まだお若いんですよ。

河合　まだ歳《とし》を取っていないんでしょうね。駄洒落を言わなくなったら、あちらの方に近くなるんでしょうね。まだ頑張っていますが（笑）。シェイクスピアはどうですか。

松岡　シェイクスピアがそうなんです。初期の作品、『ロミオとジュリエット』とか『間違いの喜劇』『恋の骨折り損』『夏の夜の夢』なんかがそうです。後期になっても、洒落や地口といった言葉遊びはもちろんあるんですけど、それが深層的で、華麗に遊ぶというより、もう少し沈んで来ますね。

河合　なるほどねえ。だから僕も、駄洒落を言わなくなったら、そろそろ本当に皆さん待ち受けていただいていていいと思いますよ。これは関係のない話ですが、この前谷川俊太郎さんたちと一緒に山小屋へ行きまして、一晩飲んだんです。翌朝、前の晩早く寝てしまって申し訳なかったと谷川さんに言いましたら、何を言ってるんです、河合さんは三時ころまでしゃべり続けてましたよ、と言われましてね。自分では十時頃に寝たと思ってたんですが、めちゃくちゃしゃべっていたそうなんです。皆は、僕がまじめになってしゃべっていたので、酔っ払っていたように思えないと言うんですが、僕は内容を全然覚えていない。すると谷川さんが、分かった、河合さんは絶対酔っ払っていた、と言うんです。なぜかというと、三時間の間一度も駄洒落を言わなかったからだと言うんです（笑）。だから僕は、酔っ払うと駄洒落が出なくなるんです。しらふの時は駄洒落を言いますが。

＊1　駄洒落　『広辞苑《こうじえん》』によると、「つまらないしゃれ」とある。ところがその「つまらない」ところに価値があるのだ。その破壊力によって価値の顚倒《てんとう》を引き起こす。とは言うものの、まったく無価値のものがあるのも事実。〈河合＝

K〉

＊2　『シェイクスピアの猥語卑語』Eric Partridge 編著の *Shakespeare's Bawdy* がこの分野の草分け。シェイクスピアの全作品にわたり性にまつわる言葉や下がかった言い回しを網羅。Frankie Rubinstein 編著の辞書もあるが、いま最も充実しているのは Gordon Williams 編著の三巻本 *A Dictionary of Sexual Language and Imagery in Shakespearean and Stuart Literature*。〈M〉

＊3　『平中物語』『源氏物語』以前に成立したと言われる、作者未詳の歌物語。この主人公の平中（平貞文《たいらのさだふん》）には「審美的トリックスター」という名を献上したが、いたずらっ気が美的洗練を受けているのが特徴的である。〈K〉

シェイクスピアの「夢」

松岡　もうひとつ、『ロミオとジュリエット』でぜひぜひ河合さんにお話を伺いたかったのは、夢のことなんです。マキューシオの夢ですね。ユングの心理学でも、河合さんご自身の心理学、精神療法の体験の中でも、夢というのは非常に大事だと、繰り返しおっしゃっている。シェイクスピアの作品群全体にとっての「夢」というのは、ひとつ項目として立てられると思うんです。『夏の夜の夢』の時にまとめて伺おうと思うんですけど、それでもこの『ロミオとジュリエット』の中でも論じる必要があると思うのは、マキューシオの「マブの女王」[*1]の夢の話です。蜷川幸雄さんのプロダクション[*2]の中で、マキューシオをやってる若い俳優さんから、私が質問を受けたんです。マキューシオは、夢はマブの女王のせいだとか言っているけど、そもそもマブの女王を好きなのかなあ、嫌いなのかなあって。今僕は、マブの女王のせいでああなる、こうなるというので、憎たらしいという気持ちでやってます、と言うんです。私はそれを宿題にされていろいろ考えてきたんですが、むしろマキューシオは、マブの女王を面白い存在、同類と思っているんじゃないかと返事をしたんです。実は私、『夏の夜の夢』について考えたり、人と話をした時に、シェイクスピアの中で夢というのはどういう所で出て来るのかということを、全部調べたことがあるんです。いい具合にコンコーダンス[*3]というのがありまして、ドリームという項を引くと、ダーッと出て来る。コンピューターもない時代に、どういう人がシコシコとこういうことをやったのだろうと感心してしまうんですが、それを見てみますと、だいたい夢というのは、いやなものとして出て来る。シェイクスピア自身はひょっとして、楽しい夢というのを見たことがないのではないかと推測したんです。この作品の中でマキューシオは、いろいろな夢の話をするんですが、ちょっと謎《なぞ》の多いくだりなんです。マキューシオがもしもクライアントとして河合さんの所に来たら、どういう風に話を引き出されるのかなと思いまして……。

河合　クライアントに言うのは簡単なんですよ。何か聞かれたら、「やー、分かりませんね」と（笑）。

松岡　そうしたら、自分で考えるわけですね。

河合　そうです。そして、その人が考えて何か言ったら、「ウーン」と言って、「じゃあ料金を払ってください」と（笑）。アメリカで講演をした時に言ったんですが、僕にはサイコセラピストとして大事な台詞《せりふ》が三つある。僕は、その三つだけで生きて来たと。まず第一に「ベリー・ディフィカルト」。来た人に何か意味を聞かれたら、「ベリー・ディフィカルト」と言う。また何か聞かれたら「アイ・ドント・ノウ」と言うんです。でも、プロフェッショナルになるためには、三番目のセンテンスが大事なんです。クライアントが帰る時に、「プリーズ・ペイ・ザ・フィー」と言うんです。これが言えなかったらプロフェッショナルじゃないと言いましたら、アメリカ人が喜びましてね（笑）。

松岡　受けたでしょうね（笑）。

河合　ほとんど日常に近いんですけどね（笑）。

松岡　マキューシオも、「ベリー・ディフィカルト」と言われたら、ちょっと困ってしまうかもしれませんけど。

河合　僕は、これに対する答えは、ロミオが言っていると思います。「なんだか胸騒ぎがする」というくだりです。マブの女王と寝たことにより、運命がすごくアレンジされていると思うんです。マブの女王と寝る＝死ぬということじゃないでしょうか。土と一体化するわけですから、非業《ひごう》の死が運命づけられている。僕は、シェイクスピアを読んでいてもうひとつ知りたいと思うのは、彼がどういう宗教観を持っていたのか、ということです。この「抗しがたい運命」というのが、一番大きなテーマになっていますよね。その書きかたが、ものすごくうまい。僕は今、日本の物語をずっと読んでいますが、日本の物語のテーマは、物の流れ、物の勢い、運命ですよね。それが動いていると、どうしようもない。どんな風に流れているかということを書いていると思うんですけど、シェイクスピアの書きかたとは違うんですよね。どう違うのか、最後には言わないといけないと思っているんですけど……。マブの女王と寝たという時に、ロミオは、何か凄《すご》いことが起こると予感している。マブの女王と寝るということは、マブの女王と一体化するわけですから、彼女の勢いが上がって来るわけですよね。それに対して、こちらの世界の論理を貫徹させようとするのが、ロレンス神父ですね。彼は、宗教人なんだから、本当は神の意志で動かなければならないのに、あの当時の宗教者は面白いことに学者でもあって、科学者として、運命に抗する人間の知恵を振り絞ろうとして、完全に負けてしまう。ロレンス神父が浅知恵を働かせなかったら、違う結果が出たかもしれないでしょ。化学を利用したりするのは、神に対する冒瀆《ぼうとく》なんですけど、ヨーロッパの文化は、それを発展させて今日まで来た。もっともっと発展させて月まで行こうとして、今日まで来たわけですよね。その始まりのあたりを宗教者がやっているということが、すごく面白いですよね。その辺のことをシェイクスピアがどう考えていたのか、すごく知りたいと思います。本当にキリスト教を信じていたのかどうか。と言いますのは、この味は少し違いますよね。マブの女王が出て来たら、ロレンス神父が頑張ってもどうにもならないというのは、われわれ東洋人にも分かるところがありますよね。

松岡　宗教で思い出しましたけれど、ついこの間『ロミオとジュリエット』の時間表みたいなものを作ってみたんです。つまり、何曜日に出会って、いつ死んだかということを知るために。そうすると、どう考えても、日曜日にパーティを、舞踏会をやっているんです。日、月、火、水と、四日間で起こった出来事なんです。日曜にパーティをするなんて、現代ならともかく、どういう家なんだろうと分からなくなってしまったんですけど……。

河合　安息日ですからね。

松岡　さっき申し上げたアーサー・ブルックの長い長い話では、クリスマスの季節に出会って、翌年の夏くらいに話が終わっているんです。だから、原作で「もっと火を焚《た》け」とか「火を消せ」とか言っているのがシェイクスピアにも残っていて、別の所では「暑いなあ。夏の日盛りだ」とか言っているのが、四日間の物語に入っている。それは、原話に書かれていたことをうっかりそのまま入れてしまったからで、だから、パーティを日曜に設定したのは、おそらくシェイクスピアだと思うんです。これもうっかりかもしれませんけれど。

河合　そうですねえ。シェイクスピアの宗教観とか、そういうものを書いた本はないんですか。

松岡　上智大学のピーター・ミルワード先生が、『シェイクスピアは隠れカトリックだった？』（春秋社）という本を出してらっしゃいます。傍証として、作品の中から、こういう台詞があってこうこうだから、よってシェイクスピアは実はカトリックだった、と書いてらっしゃる。そういう説はいろいろと根強くあるんですけど、日本語で書かれた本では、これが最初だと思います。なかなか面白くて、説得力があります。

今の北アイルランドのカトリックというのは非常に政治的な対立にまで行っていますけど、シェイクスピアの時代もかなりそうで、ヘンリー八世がローマ・カトリック教会に反旗を翻《ひるがえ》して、イギリス国教会というのを作りましたよね。それに伴って、カトリック教会は弾圧されて行くんですけど、どうもシェイクスピアはカトリックだったらしいということが、作品の端々に見られるようなんです。そうそう、日本で『マクベス』を演出したルーマニアのアレクサンドル・ダリエも、そう言っていましたね。

河合　で、今話題にしているマブの女王なんていうのは、いわばアンチクリストですよね。

松岡　そうです、土着の存在ですから。

河合　天なる神の意志とは違う所から出て来ているわけですよね。だから、マキューシオは、無意味なことでも何でもしゃべりまくらざるを得ないほど、困り果てている。それが、僕の解釈です。マキューシオはマブの女王との関係から逃れようとしてもがいているんだけど、ロミオは最後に、もう逃れることはない、人間の運命は決まっているんだ、と言う。そして運命が、ロミオの方にまで及んで来るんですね。そういう風に読むと、すごくアンチクリスト的に読めるんですよね。

松岡　ロミオを中心として、マキューシオとベンヴォーリオという二人の親友が出て来ますよね。ベンヴォーリオの方は、ロザラインとの恋愛を止《や》めろと言い、もっといい女なら恋愛しろと言っている。でも、マキューシオは、恋なんか止めて、もっとおいらと遊ぼうよと言っている関係だと思うんです。ですから、演出家によっては、ロミオとマキューシオとの間のホモセクシュアル的な引力を明らかにする場合もあります。そこまであらわにしないにしても、ちょっとそういう構図は見て取れると思うんです。で、ロミオを女との恋愛から、男たちの面白い仲間の遊びにもって来るための口実というか、強い武器が、マブの女王とも取れるんじゃないかと思うんですけど。マブの女王の意味と重なるかどうか分からないんですけど、ちょっとそういう感じがするかなあと思っているんですが……。

河合　なるほど、面白いですね。

松岡　もうひとつ、夢が出て来ますね。ロミオがマンチュア（マントヴァ）に行った途端に見る、いい夢。夢の中で自分が死んでいるという……。あれなんかほんとに、夢判断で解きたくなる夢ですよね。ロミオは自分で、いい夢だと解釈していますが、どうなんでしょうか。

河合　あれもあまりハッキリと書いていないですよね、どんな夢を見たのか。しかも、自分が死んでいたというのが、なぜいい意味なのか分からない。「夢の中、ジュリエットが来ると俺は死んでいる。(略) そして、唇に幾度もキスをし、命を吹き込んでくれた。俺は蘇《よみがえ》って帝王になった」というくだりですね。これは直截《ちょくせつ》的に考えると、ロミオは帝王になるけれど、あちらの世界でのこと。二人とも死ぬけれど、幸福になれるんだ、という風に読み取れますね。そうすると、全体の解釈にもある程度当たりますね。

もっともピュアな、もっとも分かりやすい恋愛は、あちらの世界で成就《じょうじゅ》するんです。こちらでの恋愛は、成就したかのように感じるだけですよね。

松岡　こちらの世界で成就すると、次に結婚があって……ということになりますからね。

河合　あちらの世界で成就するのが、まさに帝王の結婚というか、本当のものだということを言いたかったようにも思いますね。最も完成された世界は、あちらの世界で成就するんですね。十三、四歳の子供が自殺するというのは、すごくよく分かりますね。大人は、この世のことで頭がいっぱいで、そういう完成度というものから離れて、分からなくなってしまっているんですけど、思春期のこれくらいの年齢が一番分かる。だから、なぜか自殺して不可解というのがありますでしょ。そういう場合に、こういう子供はだいぶいるんじゃないかと思いますね。

＊1　マブの女王　ロミオたちがキャピュレット家の舞踏会へ行く前に、マキューシオは夢の話をする。マブの女王は「夢を産む妖精《ようせい》たちの産婆《さんば》」とされ、一説にはアイルランドの妖精。〈M〉
＊2　蜷川幸雄さんのプロダクション　一九九八年一月の彩の国さいたま芸術劇場で蜷川さんが演出した『ロミオとジュリエット』のこと。〈M〉
＊3　コンコーダンス／concordance　作家別の用語索引。聖書のもある。恩師の故小津次郎先生にならって時々シェイクスピア・コンコーダンスをなんとなく眺める。お蔭《かげ》でシェイクスピアが「タバコ」という語をただの一度も使っていないことが分かった。〈M〉

十四歳＝乱闘の始まり

松岡　十四歳という年齢を、どうやって彼は選んだんでしょうね。
河合　そこが、シェイクスピアの天才なんだと思います。今の世界にまったく通じることをここに描いていますよね。しかもわざわざ、十六歳を十四歳に引き下げて作った。人間の考える最も完成された恋愛を書こうとすると、十四歳になって来る。そして、死ぬしか仕方がない。普通はそこで死なないから、もう少し不純に人生を生きているわけですよね。この年齢は、怖い年頃ですよ。殺すか、死ぬか、という年齢です。幕開きも、乱闘から始まるでしょ。しかも、その理由がよく分からない。十四歳になると、乱闘[*1]が始まるんです。みんな、それをなんとかごまかしごまかし抜けて、大人になって行くんですけど、そこで片一方の方につっぱしったら……。

松岡　殺すか、死ぬか……。

河合　そして、最も完成された形が、これですね。すごく短い時間で起こっているんですが、僕らのように長い時間を生きた人間には到底知り得ない世界で、それはそれで凄いんじゃないでしょうか。

松岡　私、今年（一九九七年）生まれて初めてイタリア旅行をしてヴェローナへも行ったんです。ジュリエットの家[*2]に参りましたら、バルコニーの下にジュリエットの等身大の像があるんです。いつ建てられたのか、すすけて顔もよく分からないんですけど、右胸だけが金色にピカピカ光っている。みんなが触って行くんですね。あらまー、通天閣のビリケンだわ、と思ったんです。架空の人物で、しかも非業の死を遂げたのに、一種の信仰の対象になっている。若い、恋愛現役組だけじゃなくて、子供からお年寄りまで、男も女も触って行くんです。

河合　ジュリエットは、神様になったんですね。

松岡　神様になったんですよ。これもまた、集合的無意識と呼べるのかと思うんですが。それを見るとまさに、触ってご利益《りやく》を得たいという人間の欲求が、ビリケンの足の裏を触らせ、ジュリエットの右胸を触らせているんだなあと感じますし、この作品の持つ元型的なもの、集合的無意識、あるいは普遍的無意識から発生して来たものと同時に、現在ただいま、ジュリエットの銅像というものがあると、人間の非常に根源的なものが彼女の胸を触らせるんだなあと思いまして。

河合　人間のそういう、現代にまで通じることを書いているわけですから、現代の人が感激するのも当然だと思います。十四歳の少年の犯罪が問題になりましたけど、こういう作品を読むと、ある程度分かりますよね。わけもなく、殺すか死ぬかという状況に追い込まれて行く人がいるんです。この作品だって、本当にわけもない殺人でしょ。そこがシェイクスピアのうまい所で、何か怨恨《えんこん》があるらしいということになっているんですが、それが何か分からない。そして、ちょっとした言葉の行き違いで殺してしまうんですからね。

松岡　これ、本当に民族紛争ですよね。今までの争いは三度に及びという、その三度に及びという所が非常に象徴的というか……。

河合　ここで面白いのは、日本の平安時代の物語には、殺人がひとつもないんです。

松岡　えっ？

河合　だから私は、「殺人なき争い」[*3]というエッセイを書いたんですが、王朝時代の文学にあれだけたくさんの物語がありながら、殺人はひとつもない。それもすごいことですよね。殺人なしで物語を構成するというのは大変なことですよ。

松岡　それで、現実に殺人がなかったわけはないですよね。

河合　いえ、非常に少なかった。だいたい平安時代には、死刑がなかったんです。あの時代に、死刑のない文化というのは、ほとんどないでしょう。だから、日本人というのは、非常に不思議な民族です。中世になると一遍に変わりますけどね。

喧嘩《けんか》といっても殴り合いなんかない。あれだけたくさんある物語の中でも、刀を抜くシーンはほとんどない。源氏が刀を抜いても、物《もの》の怪《け》を払うためで、刃《やいば》を交わす話はありません。それで、あれだけたくさんの話が生まれて来るんですよね。そのエッセイの中で、シェイクスピアがもし殺人を止めたら、どんな話になるだろうと一言書いていますが。

松岡　そうですね。晩年のロマンス劇は、いわば悲劇と喜劇とを止揚する形で出て来るんですけど、ハッピーエンドでありながら、人殺しがありますものね。これが、摩《ま》訶《か》不思議な世界になって来るんですよ。

河合　これからのお楽しみということですね。

＊1　大人になる　思春期というのは凄《すさ》まじい時である。人間の根底が揺さぶられる。大人になるというのは、その根源的な問を上手にごまかすことだとも言える。歳《とし》をとってもそれができない人を永遠の少年と言う。〈K〉

＊2　ジュリエットの家　ヴェローナには「ロミオの家」もあるが、この時はたどり着けなかった。どちらもホンモノであるはずはないのだが、ジュリエットの家は千客万来。寅《とら》さんの団子屋のようなものだ。入り口の壁は落書きでいっぱいだった。「矢の刺さったハートに自分たちの名前」もたくさん。〈M〉

＊3　殺人なき争い　日本の王朝文学のどれを読んでも、「殺人」は出て来ない。恋の鞘《さや》当《あ》てや政争も描かれているのに。平安時代はまさに「平安」の時代。世界におそらくこんな例はないことだろう。〈K〉

【対談の余白に】

歓《よろこ》びを愛によって殺す

河合隼雄

何年ぶりかでシェイクスピアの『ロミオとジュリエット』の演劇を見た。蜷川幸雄演出による彩の国さいたま芸術劇場の皆さんの大阪公演である。

この物語で実に衝撃的なことは、ジュリエットが十四歳だという事実である。今、思春期の少年の問題がにわかにクローズアップされているようだが、十四歳の恐ろしさは、実のところ、シェイクスピアの時代から変わっていないとも言えるのだ。人間の思春期というものがどれほど恐ろしいものであり、自分もそれを経験したはずでありながら、大人たちがそのことに関していかに鈍感であるかを、シェイクスピアの天才は美事に、舞台の上に現前させる。

頭書の言葉は、ロミオもジュリエットも死に果てた後に、彼らの親、キャピュレットと、モンタギューに対して、ヴェローナの大公が諭す言葉のなかにある。それぞれの親が素晴らしい息子と娘を持ち、歓びに満ちた生活ができるはずのところを、「愛によって殺す」ことになった。これを両家の憎悪《ぞうお》に対して下された天罰である、と大公は言う。

問題は、この言葉のなかの「愛」の意味するところである。これをロミオとジュリエットの愛と考えるのが普通かもしれない。しかし、私は、大公が彼らの親に向かって述べた言葉ということもあって、これを親たちの子どもに対する愛として考えてみた。

子どもを持つ歓び、そして両家の両親は共に子どもを愛し、その幸福を願った。悪い仲間と共にけんかに巻きこまれないように、財産も地位もある立派な聟《むこ》を探し出すようにと、一所懸命である。しかし、そのような親の愛によって歓びを殺すことになるのだ。両親は子どもたちが本当に欲することや彼らの意志を生かすこと、そのためには耐え難い和解も辞さないこと、という点にはしっかりと封印をして、実は子どもを結果的に不幸に追い込むことにのみ、「愛」を傾ける。

これは彼らの幸福のために知恵を絞った僧ロレンスについても同じではないか。親だけではない、教育者、宗教家、心理療法家など、人助けをしたがる大人たちは、自分の愛によって他人の歓びを殺していないかを反省する必要がある。

芝居を観《み》ながら、十四歳の魂の叫びが自分の胸を貫くように感じつづけていた。

（『中央公論』一九九八年四月号）

お礼状

松岡和子

河合隼雄さま

Ｆａｘありがとうございました。

『中央公論』の「今月の言葉」に『ロミオとジュリエット』のことを取り上げていただき、感激しています。大阪公演での打ち上げで、河合さんがおっしゃったことは、私だけでなくスタッフ・キャストみんなにとってどんなに励みになったことでしょう。

ところで「お前たちの歓びを愛によって殺す」という言葉ですが、実は、この部分をこういう訳語にするにはずいぶん迷いがあったのです。河合さんがこの「愛」に若い恋人同士の「愛」のみならず二人の親たちの「愛」をも読み取られたことを知り、ああ、これでよかったのだ、と意を強くしました（原文を読んだとき、私もそう思ったのですが、日本語としてはちょっと堅いかなという不安もあったので）。原文は――

See what a scourge is laid upon your hate,
That heaven finds means to kill your joys with love;

「見ろ、これがお前たちの憎悪に下された天罰だ。
天は、お前たちの歓びを愛によって殺すという手立てを取った」
（第五幕第三場）

これまでの訳ではほとんどこの「愛」をロミオとジュリエットの愛だけに限定し、「こなれた」日本語にパラフレーズしてあるのです。

たとえば、坪内逍遥《しょうよう》訳では「是《これ》皆汝等《おぬしたち》が相憎悪《にくみあひ》の懲罰《こらしめ》、天は故《わざ》と子供等を愛しあはせ、以《もっ》て汝等《おぬしら》が歓楽《よろこび》をば殺させられたわ」、福田《ふくだ》恆存《つねあり》訳では「見るがよい、お前達の憎しみに加へられた天誅《てんちゅう》を、神のお選びになつた手立てはお前達の生き甲斐《がひ》を互ひに想《おも》ひ想はせ、その上で殺してしまふ事だつた」、中野《なかの》好夫《よしお》訳では「どうだ、その方たち相互の憎しみの上に、どんな天誅が下されたか、また天は、その方たちの喜びたるべき子宝が、互ひに相愛することによつて、かへつて互ひに滅ぼし合ふといふ、さうした手段《てだて》をとられることもわかつたらう」、平井正穂訳では「見るがよい、恐ろしい罰が憎み合うお前方の上に下されたのだ！　天がわざとお手前方の愛《いと》しい二人の子を相愛の仲に陥れて殺したもうたのだ」、三神勲訳では「見られい、これは皆汝《なんぢ》らの憎しみの天罰ぢや、天は汝らのいとしい《おとしい》ひとり子を互ひに愛し合はせ、かくては、死に追ひやつたのぢや」、小田島雄志訳では「見たか、そなたたちの憎しみに加えられた天罰を。二人の子は愛しあうゆえ死にいたったのだ」。

碩学《せきがく》たちの先行訳がすべてこうですから、私が迷いに迷ったわけもお分かりいただけるでしょう。私の訳は、ご覧のとおり一番ぶっきらぼうで（よく言えばシンプルで）、シェイクスピアが書いた言葉をそのまま何のパラフレーズもほどこさずに訳したものですが、お蔭《かげ》で「親たちの愛」も読み取っていただけたわけです。

これまで六本のシェイクスピア作品を訳したわけですが、その過程で自分なりの「翻訳方針」が何箇条か生まれてきました。そのひとつが「なるべくシンプルに、シェイクスピアが書いたとおりに」なのです。河合さんのエッセイは、その方針にボンと大きな太鼓判を捺《お》してくださったようなものです。ほんとうにありがとうございました。

目下『十二夜』の翻訳に当たっています。『ハムレット』や『リア王』、『マクベス』など、言わばエヴェレスト級の作品を訳しおえたので、その他はなだらかな「丘」くらいに感じられるかと思いきや……無力感と闘う毎日です。

三月二十七日、お目にかかるのを楽しみにしております。そして、河合さんとご一緒にシェイクスピアを語り合えるという運命の巡り合わせ、その幸福をありがたく思っています。安野さんとご一緒に講談社の『本』の仕事でイギリスやイタリアを旅行したときも「こういう日が来ようとは」と感激し、安野さんにもその気持ちをお伝えしたのですが、それと同じ気持ちでおります。

一九九八年三月十日

間違いの喜劇

双子の運命やいかに

『間違いの喜劇』は愉快な芝居だ。シェイクスピアの喜劇のなかでも抱腹絶倒度の高さでは群を抜いている。その源は、瓜《うり》ふたつの双子が主従二組も出てくること。

『十二夜』の例もあるとおり、そっくりさん一組でも周りは大騒ぎなのだから、二組も出てくればどんな大混乱が巻き起こるかは容易に想像がつくだろう。

だが、開幕早々のトーンはむしろ暗く悲劇的だ。背景となるエフェソスとシラクサという二都市の対立、そのあおりで死刑を宣告されるシラクサの商人イジーオン。彼が語る身の上話——船の難破で愛する妻エミリアや双子の息子たちと別れ別れになったいきさつ——も沈痛である。

処刑は午後五時、それまでに保釈金が用意できれば命は助ける、そう言い渡すのはエフェソスの公爵《こうしゃく》ソライナスだ。あと数時間の命のイジーオンと彼の生殺与奪の権限を握る公爵——身分も立場も違う男二人が登場する幕開きと、ようやく再会した双子の召使いが手に手を取って退場する幕切れ、そのコントラストに河合さんは注目する。

次の場面に登場するのは、幼いときに生き別れになったそれぞれの双子の兄を捜すため、エフェソスへやって来たシラクサの主従アンティフォラス（イジーオンの息子の一人）とドローミオ。一方エフェソスのアンティフォラスはこの街の名士で、エイドリアーナという気の強い女性と結婚している。彼らの召使いドローミオにも連れ合い同然の女がいる。混乱の火種が飛び込んできたとは露知らないエフェソスの人々は、シラクサの主従を彼らの昔からの知己と思い込む。ところが実は新参者だから、当然二人はことある毎《ごと》にキョトンである。人違いされているとは夢にも思わない。夢にも思わないから、人違いした側にとっては彼らの反応が「旧知の主従」のいつもと違う言動と映る。

それだけではない。シラクサのアンティフォラスが自分の召使いだと思って命令すれば、それはエフェソスのドローミオだったり、エフェソスのドローミオが自分の主人だと思って女主人の言いつけを伝えれば、それはシラクサのアンティフォラスだったり、当人たちも何が何だか訳が分からなくなる。かくしてシラクサの主従はエイドリアーナに夫扱いされ、エフェソスのアンティフォラスの館《やかた》で昼食をとり、当主の主従は締め出しを食らう。

その上シラクサのアンティフォラスは、エイドリアーナの妹のルシアーナに一目惚《ぼ》れしてしまう。その想《おも》いを打ち明ければ、ルシアーナには義兄がトチ狂ったとしか思えない。人が混乱すれば、モノも混乱。金の首飾りだの金だのが取り違えた相手の手に渡り、その一方でそれらを「受け取った」「受け取らない」の押し問答。もうてんやわんやで、しまいには訴訟騒ぎまで持ち上がる。

大詰めは言わずと知れた一族再会だ。目の前にアンティフォラスとドローミオが二人ずついるのだから、誰も彼もが驚愕《きょうがく》の極み。この地で尼僧《にそう》院長になっているエミリアの言葉でイジーオンも縄を解かれる。

『間違いの喜劇』は認識の劇でもある。兄を捜しにきたはずが一時《いっとき》自分を見失うことになったシラクサの主従だが、ここに至って兄を見出《みいだ》すと同時に再び自分をも見出す。

混乱と抱腹絶倒のあとだけに、感動の深さと至福感はひとしおだ。

（松岡和子）

双子の名前

松岡　『間違いの喜劇』には、双子が二組出て来ますよね。一日の間に、エフェソスという町で、取り違えによるてんやわんやが起こるんですが、そういう意味ではやはり、双子が出て来る『十二夜』にも似ています。なぜ人は混乱するかというと、双子がそっくりだから、あまりにも似ているからなんですが、この『間違いの喜劇』の場合の混乱の元というのは、単に双子が二組出て来てそっくりだという以上に、名前が一緒だということだと思うんです。なんで双子に同じ名前をつけたのという疑問は、元々のプラウトゥスの『メナエクムス兄弟』[*1]を読むと書いてあるんですけど、シェイクスピアはその事情をはしょっちゃってるもんだから、まったく同じ顔をして、なんだか分からないけど同じ名前の双子が出てくるということで、混乱するんだと思うんですね。だからもし、たとえば、「あなた、アンティフォラスさんですね」と言われて、名前が違えば「いいえ、違います」と言うところを、「ええ、そうです」と言っちゃうから、お金を渡しちゃうし……。

河合　しかも、家来まで同じ名前ですからね。

松岡　ええ。というので、ちょっと考えたんですけど、双子に同じ名前というか、似た名前をつけるというのは、結構日本独特のことではないかなって……。

河合　でも、同じ名前はないでしょう。

松岡　ええ。まったく同じ名前はないですけど、ただ、私の身近に一組双子がいて、大学で教えていた時にも一組いて、というようなことがありまして……。私の身内の名前は、加代子と美代子なんです。カとミだけ違って、ヨコの部分は一緒ですよね。それから、大学の時の学生さんというのは、拓也君と航也君といって、タクとコウが違って、「也」は同じです。私、イギリス人にも双子の友だちがいるんですけど、まったく違う名前なんです。どうも日本人の双子というのは、並べてみると「おっ、ひょっとすると双子ね」とすぐ分かるような名前を持っているんじゃないか、スキーの荻原《おぎわら》兄弟（健司《けんじ》・次晴《つぎはる》）みたいなのは例外じゃないかと……。『間違いの喜劇』から離れますけど、親からも周囲からも、生まれた時からペアとして認識されて、自分たちも、名前まで似ているという所からスタートしている。ところが、イギリス人の友だちは、クリスティーンとヒラリーという名前なんですけど、クリスティーンとヒラリーというのは、別々に会ったり、姉妹として名前を見ても、双子だとかなんだとかということは分からないですよね。そうすると、個というものをどう考えるかということなんですが……。
河合　それは面白いですね。外国の発想でしたら、同じような人だからこそ、絶対にこれを区別しなければならない。なんとか分かるように区別しようとするでしょ。日本人は、同じ時に生まれて来たんだから、できるだけ同じようにしなければならないと思うんです。ちょっとでも差をつけてはならない。だから、服装なども全部一緒にしますからね、日本は。外国人はどうするのか、知りませんよ。服装を変えるのかどうか。日本ではだいたい、双子は同じように育てなければならないという考えかたがあるんですね。これは、個を際《きわ》だたせるというよりも、同じようにということが先行するんでしょうね。
松岡　区別、差別してはいけないという考えかたですね。
河合　私は、一番初めに勤めていた天理大学で、数学と心理学を教えていたんですが、数学の後、心理学を教える時に違う背広を着て行きまして……。心理学で、一卵性双生児を比べるというテーマがあるんですが、つまり、遺伝と環境とどう違うかということで、一卵性双生児比較法というのは、心理学で非常に大事な方法であるというような話をしまして。その時にさりげなく、「そういえば、私の兄がここで数学を教えています」と言うんです（笑）。そうすると、大半の学生が双子だと思って、「うわー、似てる、似てる」とか言ってビックリするんですけど、中には「でも、先生、どっちも同じ名前ですよ」と言い返す学生もいまして。その時に、「何を言うか。日本では、双子は差別してはいけないというので、うちの父親は名前まで一緒にしたんだ」と言うと、またそれを本気にするやつがいるんですよ。一年くらいの間、どこが違うかと、ずいぶん論議してくれてましたよ（笑）。そういういたずらをしたことがありましたけど。

松岡　この『間違いの喜劇』で、最初にお父さんが捕まりますよね、エフェソスの大公に。それで、自分の身の上話をしますけれど、そこで、双子の子供が生まれた時にいかにそっくりだったかという話で、「名前の違いのほかは区別ができないほどでした」という言いかたをしています。だから、最初は違う名前をつけたんですね。それで、何かのいきさつで同じになっちゃったんですが、おそらくそこは、プラウトゥスの『メナエクムス兄弟』というのは当時のグラマースクールの教科書だったかもしれないし、お客さんは、その辺が分かって見ていたのかもしれません。

河合　原作の方では、どうして同じ名前になったんですか。

松岡　やはり片一方がさらわれてバラバラになるんですが、片方は、おじいさん、お父さんと、息子の三人暮らしになり、そしてもう一方に、さらわれた双子の片われがいて、これがお父さんと同名。前者のお父さんが死んでしまい、おじいさんと孫になりますね。それでおじいさんは、お父さんが死んだために、このお父さんの名前を息子にあげるんです。それで、さらわれた方と名前が一緒になってしまう。そういうことは、プラウトゥスの方には全部書いてあります。ところが、シェイクスピアの場合は、ひょっとして違う名前だったかもね、とお客さんに思わせておいて、出て来た時には、もう同じ名前なんです。

河合　はあ、面白いですね。

松岡　ええ。河合さんのご研究でも、一卵性双生児というのを採り上げておられるようですが、クライアントにも、双子のかたっていらっしゃるんでしょうか。

河合　ええ、います。

松岡　名前は似ていますか。

河合　ええ、似ています。それと、とても苦労をしていますね。やはり、自分のアイデンティティをはっきりさせなければならない。「違う」ということを、どこかで意識しなければならないわけですよね。違うということを意識しなければならないと同時に、日本人の場合は、できるだけ一緒にしなければならないということとが両方来ますから、非常に大変なんですね。

松岡　まさにダブルバインドになっちゃうんですね。

河合　死んで行く人を看取《みと》っていた有名なキューブラー＝ロス*2という人がいますが、キューブラー＝ロスは三つ子です。

松岡　そうなんですか。

河合　だから彼女は、「自分は違う」ということを、小さい時からすごく主張しようとしたということを言っています。たしか、思春期の時に、三つ子のなかの一人の子が風邪を引いてデートに行けなくなり、キューブラー＝ロスが替わりに行くんです。そして、完全にだましおおせるわけです。で、余計憂鬱《ゆううつ》になる。

松岡　そうですよね。「私は何なの」という感じですものね。

河合　それを痛切に思ったと。それで、自分はこういうことをするんだとか、人と違うことをしなければならないという意志が強くなったと、言っていましたね。

松岡　私、『間違いの喜劇』で、名前が同じ双子という所から、双子の名前についていろいろと考え出して、そのころまだ大学に勤めてましたので、文化人類学をやっている同僚の先生に、世界中の双子の名前を研究した人っていないの、って聞いたら、いやあ、聞いたことないなあと言うので、誰かやったらいいのにと思ったんですけど。

これ、面白いテーマだと思うんですよ。個人というものと、そっくりだった場合、個をどう区別するかという問題。その時の名前、命名ですね。それは、ペアであったり、そっくりである者に対して、社会全体がどういう認識を持ち、どういうアプローチをするかということを、端的に表す点だと思うんです。少なくとも私は、イギリス、アメリカは知っていて、違うと分かるんですが、ひょっとして、中国は同じかもしれない、韓国は同じかもしれない、チベットはどうかしら、アフリカはどうかしらって、思いが募って、今これを読んだ人でどなたかやってくれないかしらって、思うんですけど。もし未開の分野だったら、博士論文くらいにならないかなと。

河合　論文をふたつ提出するから、博士にしてくださいとか（笑）。

＊1　プラウトゥスの『メナエクムス兄弟』　プラウトゥスは古代ローマの喜劇作家。『間違いの喜劇』は彼の代表作『メナエクムス兄弟』を下敷きにしているが、『じゃじゃ馬馴《な》らし』などの初期喜劇をはじめ、シェイクスピアの様々な作品のプロットや人物造形にプラウトゥスの影響が見られる。〈M〉

＊2　エリザベス・キューブラー＝ロス（一九二六〜二〇〇四）　スイス生まれの女性の精神科医。不治の病で死んでいく人の心のケアを早くから実践。『死ぬ

瞬間』など多くの著書が邦訳され多く読まれている。「臨死体験」についての発言も多い。〈K〉

性格と運命

松岡　これは、双子から少しはずれますけど、名前で人格や何かが変わるということはありますか。一時、自分の子供に悪魔という名前をつけようとした親が話題になりましたが。

河合　そういう途方もない名前をつけると、やっぱり相当影響されますよ。「名前負け」という言い方もありますでしょ。あまりにも素晴らしい名前をつけられると困るとか。私の場合は、隼雄という名前でしょ。やはり「はやい」ということを意識していますね。自己紹介する時によく言うんですけど、早口で、ものを食べるのが速い、逃げるのが速い、朝起きるのだけ遅い、とね。

松岡　カッコイイお名前ですよね。ハヤトというのがすぐ思い浮かびますから。お兄様、雅雄先生（動物生態学者）ですよね。雄というのは共通で……。

河合　私の父親ははじめ一字の名前が好きで、上の二人は一字の名前がついているんです。ところが、その後が思いつかないからというので、急に方針を変えまして、自分が秀雄という名前でしたので、三番目から雄のつく名前に変えたんです。だから昔よく、後妻さんですか、奥さん変わったんですかと聞かれましたが、そうではなくて、方針を変えたらしいんです。

松岡　双子じゃなくても、日本人というのは、これは一家だよとか、これは兄弟だよということを名前で表したがりますよね。

河合　それはすごくありますね。父親の名前を一字もらうというのも多いでしょ。ヨーロッパの場合、父親の名前をそのまま襲名するというのも多いですね。

松岡　なんとかジュニアとなるのが多いですね。

河合　あれも不思議ですね。個人をすごく尊ぶ国ですけどね。

松岡　『メナエクムス』の「お父さんが死んじゃって」というのも、その遠い源流なんですよね。それでたとえば、女の子でも、春子、夏子、秋子、冬子というふうになるとやはり、会う前からあらかじめイメージを作っちゃいますよね。だからそういう名前をもらった人というのは、自分でも意識するんじゃないかと思うんですけど……。

河合　このアンティフォラスというのは、名字ではないんですか。ドローミオというのは明らかに、ファーストネームだと分かりますが。

松岡　姓名という点では、これは姓ではなくて、名ですね。シェイクスピアの名前というテーマで論文や本があるんですが、たとえば名前そのものを記号論的に見て、デズデモーナにディーモンが挟み込まれているとか、そういうような研究って、やはりありますね。

河合　そういえば、「コーディリアはリアの心」とも書いておられましたね。

松岡　ある部分ではシェイクスピアは、とても意識して名前をつけていると思いますね。

河合　それにしても、双子の面白さというのは、昔からありますよね。これは誰でも思いつくわけですから。

松岡　日本の説話でも、双子が出てくるのってありますか。

河合　すぐには思いつきませんが、確か神話の中に、誰かが死んだ後、兄さんか弟が来て、生き返ったと思って間違われるというのがありますが……。

松岡　海彦山彦というのは、双子ではないんですね。

河合　双子ではないです。

松岡　おとぎ話というのではないんですけど、『ふたりのロッテ』という作品がありますね。

河合　あれは、双子を扱った典型的な作品ですね。
松岡　二十世紀ですか。
河合　そうです。そして、『ふたりのロッテ』くらいになると、双子なのに性格がまったく違うわけです。だから、性格の対比の面白さというのをすごく上手に使っているんですね。ところが、この『間違いの喜劇』では、性格の対比は全然使われていない。
松岡　全然なしです。
河合　その点がずいぶん違うと思いますね。双子で似ているのに性格が違うという面白さではなくて、ここでは運命が違うんです。だから、このころの考えかたは、そちらの方が先だったのではないかと思います。それから、こういう双子というか、もう一人いるというテーマでよく、善悪の対照を描いた作品がありますが、ここではそういう対照も持たせずにやっている。そこがまた、面白いですね。
松岡　この作品は、シェイクスピアの中でもほとんど処女作ではないかと言われています。他の人と共作とかをやっていたかどうかは別として、少なくともシェイクスピアの名前で出た最初期の作品であることは確かです。だから、人間をトータルな存在としてとらえ、裏も表も、陰も日向《ひなた》も、明るい所も暗い所もある、という書きかたよりは、とにかく双子で、混乱で、面白いものを作ろうという感じで、あと、掛詞《かけことば》や言葉遊びも思いっきりやってやろうという、それで行った芝居ですね。で、にもかかわらず、最後は何ともいえない深い認識のドラマになって感動してしまうというのが、やはりただ者ではないなと思うんですけど。

河合　そういう点でいうと、最後がすごくうまいですね。最後に双子が手をつないで行くところで、終わりにしている。一番分かりやすい方法ですと、二組の結婚があったりして終わるというのが普通だと思うんですけど、全然そうしないでしょ。これはすごく面白いと思いますね。こういうのは、このころの演劇の終わりかたとしてあったんでしょうか。

松岡　ちょっと珍しいと思います。

河合　近代の演劇の終わりかたみたいな感じがあるんです。

松岡　まだ、これから始まりますという感じというか……。

河合　普通は、ドンチャドンチャやって、フィナーレで誰もが幸せになって、ワーッと終わりますよね。もちろん、誰もがハッピーになるんですけど、ああいう台詞《せりふ》で、双子が手をつないで一緒に行こうじゃないかというのは、何か……。

松岡　それは、アッと思いましたけど、シェイクスピアの全部の喜劇を見ても、むしろ、勢揃《せいぞろ》いで終わることの方が多いですね。
河合　『十二夜』の所で書いておられましたが、ここではシザーリオが消えるわけですね。それでもハッピーな形ですよね。
松岡　みんな並ぶという……。
河合　それと『十二夜』では、そこから落ちて行くやつがいるので面白いんですが、それでも一応喜劇や喜歌劇では、ワーッとフィナーレになりますでしょ。これは、全然違う終わりかたですね。
松岡　そう。そういえば私、何度か見た『間違いの喜劇』のラストシーンを今一枚一枚頭の中でめくっているんですけど、みんなが修道院の中に消えて行って、最後に二人だけ残って、顔を見合わせて、「お前、先に行けよ」というのがあって、それでスッと入っていくんですね。それで最後は、本当に「何もない空間」、エンプティになって終わるんです。
河合　はじめも男二人なんです。その二人は双子ではないですけど、男二人で始まって、いろんなことがあって、男二人で終わる。はじめの男二人は、はっきりと違う性格で、しかもすごく暗い始まりかたですよね。どんどん悲劇になっても良いような始まりかたで、終わりはスッと終わらせている。真ん中はやたら大忙しですよね。とても面白い構成ですね。

松岡　ホント。これは、ありがとうございます。目からうろこがポロポロという感じです。特に最後は、本当にアイデンティカルな二人が見合って出て行く。最初は、立場も何もかも、まったく違う二人ですよね。

河合　片一方は権力を持って、殺すぞ、と。もう一方は、殺される立場ですよね。

松岡　シェイクスピアの喜劇は、だいたい全部、悲劇的なトーンで始まるんですね。放っておくと、なんか大変なことになって、人が死んでしまうぞというところから始まって、だいたい真ん中がてんやわんやで、最後はこう、別れ別れだった身内は再会するし、誤解は解けるし、というハーモニアスな終わりかたをするんです。大ざっぱにいうとそういう段取りを取っているんですけど、でも、おっしゃるとおり、これはちょっと違いますね、他の作品とは。

河合　ちょっと深読みみたいですけど、イジーオンという殺されかかった人が、奥さんに会うわけですね。で、奥さんは「三十三年の難産の果てに子供を産んだ」という言いかたをしますでしょ。考えてみれば、夫婦が会うというのは大変なことで、すれ違っているから生きているようなもので（笑）、それがピタッと会う。背後で一番動いているのがこの二人の男だ、という見かたが面白いかなと思いまして。全幕を貫く、ドローミオ二人の力学といいますか……。これですべて収まって行く、ということを言いたかったのかなと思ったんです。『ふたりのロッテ』の場合なんかは、それがもっときれいに読めるようにできているんです。ルイーゼとロッテという双子がいて、この二人の性格がまったく違うでしょ。その二人が入れ替わって、いろいろな性格の入れ替わりがあってこそ、男と女は合うんだという話です。つまり、夫婦が元に返るわけですから。男と女は、一度離れますよね。それが本当に返るというのは大変なことで、その大変なことを行うためには、思い切った入れ替わりと苦しみが要る、という風に考えると、読みやすいですよね。こっちの場合は、ドローミオは性格の入れ替わりではないんですが、最後に二人一緒になる。だからこのころは、なんといっても運命というのがすごかったのかな、と思いますね。運命的に離れていたのが、本当はわれわれは一緒ではないかということで、終わっていきますよね。そのことによって、やっと夫婦が元に戻って行く。そういう風に読むのかな、と思ったんです。

松岡　確かにその「運命」という言葉、本当にたびたび出て来ますね。シェイクスピアの戯曲全部の中でどれくらい出てくるのか、一度コンコーダンスで見てみます。もしかしたら、名詞としては他の言葉に比べて頻度が高いかもしれませんね。

海

松岡　これも海で別れ別れになるんですけど、海というのがまた、運命の象徴というか、人間を翻弄《ほんろう》する現場といいますか、そうなるのがシェイクスピアの場合非常に多くて、面白いのは『間違いの喜劇』が最初期の作品で、『ペリクリーズ』が最晩年の作品で、と言っても四十代なんですけど、その両方とも、海で別れ別れになった親兄弟が再会するという話なんです。本当にシェイクスピアが自分で、劇作歴のシナリオを書いたのではないかと思うくらい、始まりの劇とおしまいの劇とが照らし合うんですよね。

河合　本当ですね。

松岡　箱庭療法で海を作る人って、いますか。

河合　ええ、います、います。中には面白い人がいましてね、この箱庭療法をやっている時に、時々聞くんですよ。このおもちゃの中に、あなたが使いたいのに無いものはないですかって。そうすると、海がありません、と言った人がいます。そう思うなら、自分で作ればいいんですけどね。海には、すごく印象的なものがあります。海へ出て行きますからね。

松岡　私の友だちで、小さいころ海の近くで育ったから、どこを転々としようと、海が見えないと絶対にいやだという人がいるんですけど。

河合　ええ、いますね、そういう人。私なんかは、田舎育ちで、丹波の篠山《ささやま》ですから、海を見るというのはものすごい感激でした。少し前なら、一生見ない人もたくさんいたと思いますよ。よほどでないと見られませんからね。僕は、海の魚は本当に塩辛いと思って食べていましたからね（笑）。塩魚しかないわけでしょ。さすがに海の魚は塩辛いと思いまして。

松岡　それでいくと、シェイクスピアの生まれ育ったストラットフォード・アポン・エイヴォン*というのは、川沿いの町ではありますけど、内陸ですから、ロンドンへ出て来るまでは全然海というものを知らずに過ごしていたわけですよね。で、もちろんロンドンはテムズを少し下って行けばすぐ海に出るわけだし、その辺は、動きもあったと思うんですけど……。

河合　それと、もうあのころだったら、海へ出て行くことによって、新しい世界が開けて来るという体験を持つことができたわけでしょ。そこへ出て行くことによって、貿易などでぼろ儲《もう》けをすることもできる。その代わり、難破したり、海賊が出て来たりといった、すごく恐ろしいこともある。本当に不思議な、おもしろい世界だったんじゃないでしょうか。

松岡　ちょっと独特ですね、シェイクスピアの海の扱いかたというのは。海が出て来ない作品の方が少ないくらいじゃないでしょうかね。彼自身は、マーケットタウン、商業の町で内陸の育ちだったんですけど、少年時代にすごい憧《あこが》れもあって、ロンドンに出て来れば多分、周りに海でいい思いをした人だとか、ひどい目に遭った人だとかが身近にいたでしょうし、ちょうど大航海時代の真《ま》っ只中《ただなか》ですから、そういうニュースにしょっちゅう触れていたと思うんです。だから、すごく想像力を刺激されたんじゃないでしょうか。でも、どちらかというと、海に対する畏怖《いふ》の念の方が強いですね。

河合　あの時代だったら、そうでしょう。その代わり、プラスの面でも途方もないことも起こる。ただし怖い、ということでしょうね。これはしかし、海の方へ出て行くのではなくて、全体的背景ですよね。そこから来た、前にそうだったと、話の中に何度も出て来るわけですよね。

松岡　そう、町の中なんですけど、メタファーとして色々と出て来ます。シラクサのアンティフォラスがたった一人でお兄さんを探しに来た自分を、海に落ちたしずくになぞらえてますよね。そのイメージを思い描いただけで、途方もない心細さを感じます。海の中にポトッと落ちちゃったら、お兄さんを探すどころか、自分も分からなくなってしまうという……。だから、一言で言うと、それを言っちゃあおしまいよとなるんですけど、本当に、自分とは何なのか、まさにアイデンティティの問題を、そういう海のイメージを使ったり、双子二組を出して来て、という手法で表していますね。

河合　私は誰だ、とか、私は私か、といった台詞を、ドローミオが言いますよね。一体私は何者なのか、と。それから、すごく面白いと思ったのは、イジーオンが違う方のアンティフォラスを見て、自分の息子だと思って声をかけたら、違う方だから、「私、知りません」と言うでしょ。そうすると、お前は父親に向かってなんということを言うんだと悩むんですが、これ、実の親子の台詞でも、よくあることですよね。お前なんか俺の子供ではない、とか、父親をなんと思っているか、とか。だから、こういう台詞、そのままどこかの悲劇、それこそ『リア王』なんかに出て来るんじゃないかと思ったんです。実の親子でも言うような言葉ですからね。この場合は、本当に間違っているんですけど。

松岡　実の親子だけど、長年別れ別れになっている方の息子ですからね。

河合　「そうか、息子、こんなみじめな私を父と認めるのが恥かしいんだな」という書きかたをしていますが、これ、実際に起こるんです、実の親子でも。親があまりに落ちぶれていると、知らん、とかいうことがあり得るでしょ。完全に悲劇に使える台詞が随所にあって、それが観客からは、喜劇に見える。だから、現実にわれわれが悲劇と思っている人生でも、ちょっとずらせば、喜劇にも見えるんです。こういう深刻な台詞の使いかたが、とてもうまいと思いますね。

＊ストラットフォード・アポン・エイヴォン　イングランド中部ウォリックシャーの町。シェイクスピアの生家、母メアリー・アーデンの家、妻アン・ハサウェイの家、功成り名遂げたシェイクスピアが晩年に住んだニュー・プレイスの跡地、ロイヤル・シェイクスピア・カンパニーが本拠地とする劇場、教育研究機関のシェイクスピア・インスティチュートなどがある。〈M〉

男の嫉妬《しっと》、女の嫉妬

松岡　そういう点でもうひとつ、この芝居に関してお話を伺いたいなと思ったのは、エイドリアーナの嫉妬なんです。つらつら考えてみますと、シェイクスピアの作品では、男の嫉妬というのが、かなり大きく出て来るんです。『オセロー』もそうですし、『シンベリン』のポステュマスがそうですし、『冬物語』のレオンティーズもそうですし。嫉妬男の三巨頭という感じなんですが、女で嫉妬*するというのは……いないんです。エイドリアーナただ一人じゃないかと思うんです。これもまた、女嫌いであるはずのシェイクスピアにしては意外なんですが……。人を殺したいという殺意とか、人にはいろんなよくない感情がありますけど、自分で持っていて一番不愉快で、早くきれいになりたいという感情はやはり、嫉妬ではないかと思うんです。血もなにもかも、リンパ液まで黒くなっちゃいそうな、いやーな気持ちになる感情ですよね。だから、女嫌いのシェイクスピアだったら、そういういやな感情をもっと女に持たせて、いやな女を書いてもいいんじゃないかと思うんですけど……。それに、嫉妬といっても、ここではまだかわいいですよね。

河合　そういう描きかたをしていますね。普通嫉妬だったら、殺すという所まで行ってしまうわけでしょ。そんな表現では、全然ないですね。シェイクスピアは、嫉妬されたことがなかったんでしょうかね。

松岡　奥さんに？

河合　全然お金を持っていなかったから、体験がなかったんじゃないかな（笑）。金を絞り上げられたりとか、いろんな苦労はしたでしょうけど。

松岡　それで、エイドリアーナが最後に、気が狂った夫、実は夫じゃない方のアンテイフォラスなんですけど、彼が尼僧院《にそういん》に逃げ込んだ時に、尼僧院長に、なんとか出してください、自分が看病をしたいからと言いますよね。その時に、尼僧院長のエミリアが、どんな態度をとったのかと、誘導尋問のようにエイドリアーナに聞きますよね。「とがめ立てなされればよかったのに」「とがめました」「手ぬるかったのでは？」という具合に。それでエイドリアーナは、「顔を合わせればその話ばかりでした。ベッドの中でも眠れないほど責め立て、食事の時も食べられないほど責め立て、二人きりになればきまって蒸し返し、人前でもしょっちゅうあてこすり、不道徳でひどいことだと言いつのりました」と言うんですが、こんなになるなんて、こっちの方が病気じゃないかと思うんですけど（笑）。

河合　確か、女の慎みを忘れずにやっていたと言っていますが……。

松岡　でも、怪しいもんですよね（笑）。

河合　そりゃあ、怪しいですよ（笑）。本人の主観としては、そのとおりなんでしょうが。まあしかし、嫉妬というのは、そういうものですね。それにしても、他に女性の嫉妬が出て来ないというのは、面白いですね。

松岡　多分そうだと思うんです。もう一度ちゃんと調べてみますが。

河合　その一方で、男の嫉妬は確かに多いですね。そういう点でいうと、中国人というのは偏見の持ち主ですね。嫉妬は女偏ばかり使っていますから。

松岡　そうですね。

河合　最近は、男偏のもあるらしいですが。

松岡　シットランかった、とか（笑）。

河合　それは本当に、もう少し考える必要がありますね。演劇や小説の中で、女性の嫉妬っていっぱい出て来ますでしょ。すごく大切なテーマですよね。誤解による嫉妬とか、いろいろと出て来ます。それを、シェイクスピアは、ほとんど使っていないというんですからねえ。

松岡　嫉妬という感情に対しては、シェイクスピアはものすごくこだわったんだと思うんです。だけど、たとえば『ハムレット』にしても、お母さんに対する息子の嫉妬ですよね。ガートルードの方は、ハムレットにガールフレンドがいるらしいと思っても、別にそれとカウンターパートになるような嫉妬をしていないですし。『ロミオとジュリエット』にしても、ロミオには、すでに好きになった経験があるわけですけど、まあ、会ったばかりでパーッと駆け抜けるから、他のことは考えられないという構造にはなっていますけど、ジュリエットは、「昔、私以外に好きな人いたの？」なんて、まったく気にしていない風ですし。

河合　だいたい、『オセロー』のような、あんな作品を作ったわけですから、女性の嫉妬を扱った作品があってもよさそうなものですよね。
松岡　さっきの話に戻りますけど、朝から晩まで、顔を見れば、他に女がいるんだろうとか、私を放っておかないでと、ワンワン責め立てるというのは、病気ですよね。
河合　病気とまでは言えないですよ。ほとんど病気、と言うか（笑）。しかしまだ、普通の範囲内に入っていますね。もっとすごいのも、たくさんあります。
松岡　その、「ほとんど病気」と「病気」の境というのは……。
河合　ものすごくむずかしいです。それは、誰も識別できないと思います。はっきりと病気の人の場合は、これは病気だと言えますよね。でも、その境目になってくると分からないし、よほど普通のちゃんとした人でも、「嫉妬に狂う」という言葉があるように、嫉妬が出て来た時には、「なんであの人が」と言われるほど、男でも女でも、相当のことをやります。まあ、本当に大変ですね。僕らは、そういう人をよく知っているわけですが……。それ以外のことに関しては、分別もなにも、全部あるんですが、そのことに関係してくると、妄想に近くなって来ますからね。普通の人でもですよ。しかも、そういうことがよく起こるんです。ちょっとハンカチが落ちていたとか、何か違うものがカバンに入っていたとか……。言おうと思えば、いくらでも言えることがある。片一方の人に聞けば、そうじゃないということもあるんですが、疑いだすとワーッと広がってしまうんですね。男性も女性もです。だから、嫉妬というのは本当にすごいものですね。

松岡　すごいですねえ、本当に。

河合　この作品では、このことは本当のテーマにはなっていませんが、しかし、ここで女性の嫉妬を書いているというのは、面白いですね。

松岡　ここでしか書いていないということ自体が、なんとなく……。

河合　偶然、取り違えによって、それに類することが起こるわけですけど。

松岡　それに比べてルシアーナというのが、もう、男ってこういうのにだまされるのよねえ、というタイプというか、女として同性の厳しい目で見ると、このブリッコ、すごくいやだわ、という感じなんですよね。でも、男の人って、だいたいそういう女性にコロッと参っちゃう……。

河合　でも、このルシアーナというのは、本当の恋愛の経験をしていないからですね。していない間はみんな、分かったようなことを言うんです。自分が経験がない間は、嫉妬に狂っている人を見ていやになるんですが、自分のことになるといっぺんに変わります。だからこのルシアーナは、ほとんど経験がないんでしょうね。アンティフォラスに言い寄られて喜んでいるうちが花で、結婚とかするとカーッと変わって来るわけです。

＊女で嫉妬　『リア王』のゴネリルとリーガンはエドマンドを巡って嫉妬し、クレオパトラはアントニーの妻オクテイヴィアに嫉妬するが、その矛先を相手の男に向けることはない。〈M〉

もうひとりの私

松岡　ですからこれも、舞台の上で、演出家がどういうイメージでルシアーナを造形するかによってもまったく違うんですけど、こういうタイプの姉妹というのは、ほかにも出て来るんです。たとえば、『じゃじゃ馬馴《な》らし』のキャタリーナとビアンカ。やっぱり姉のキャタリーナの方がじゃじゃ馬で、男に対してもパリパリものを言うし、本音で生きている。妹のビアンカの方は、可愛《かわい》い子で、ちょっとブリッコで、美人で、というタイプ。二人並んだ時はだいたい、男の人は妹の方にコロッといってしまう。だから余計、「私は何よ」っていう風につっぱるという、そういう姉と妹。面白いのは、書かれたことをとても素直に読んで、可愛い、可愛いという妹にする演出家もいれば、今河合さんがおっしゃったように、実体験を知らないから理想論に終始する、メガネをかけて本ばっかり読んでいるという、そういうタイプに作る演出家もいるんです。

河合　そういう点では、ルシアーナを、どんな女性として登場させるかということも、すごく面白いポイントですね。先ほど言いましたように、双子に性格の差を見つけて面白がらせるということは全然やっていないのに、この姉妹ではやっている。ここに、割合はっきりとした対比がありますね。

松岡　そうですね。その姉妹の間に違いがあるから、かろうじてシラクサのアンティフォラスは、エイドリアーナはいやだけど、ルシアーナはいい、ということになる。選ぶ女によって、違いが出て来るということですよね。

河合　お決まりの作劇だったら、アンティフォラスがルシアーナと結ばれて、二組の結婚が成立するという格好になりますよね。それをしないところが、面白いですね。チラッとエピソードくらいに留めて、そちらの方にはあまり重きを置いていない。

松岡　女に関して言うと、ドローミオ兄弟もそうなんですよね。エフェソスのドローミオの方も、実はいやだなと思ってるのかもしれませんが、とにかく女と結ばれていて、シラクサのドローミオの方は、あれは御免だよ、となるわけですから。
河合　だから、なんというか、双子というのは、どこか、ひとつなんですよね。ふたつの人格だったら、二組にしなければいけませんでしょ。ところが、一組、一組で終わりますからね。さっき言いましたように、ドローミオが二人で去って行くというのは、とうとうひとつになったという感じです。アンティフォラスもそこで、ひとつになっている。だから、対比ではなくて、運命的に逆らっていたものがひとつになるという形ですね。
松岡　そこから、さっきポロッと申しましたように、エンディングではあるんですけど、もうひとつ何かここから始まりそうだというのは、きっとそのせいなんですね。ひとつになった、でも二人は、別々の人間なんだから、これからまた何か始まるという……。
河合　いろんなことが考えられますね。それから、最後の台詞《せりふ》で、「あと先言わず手をつなぎ、一緒に入ろう」というところがありますね。ここで僕がイメージしたのは、やはり一人の人間で、死ぬ時は一人なんだ、ということ。二人だけど一人、と思ったら、何か、「死ぬ時は一人で死ぬんですよ」という台詞にも、ちょっと聞こえたんです。と言うのは、はじめに、イジーオンが殺される話がありますね。だから、どこかに死の影がずーっとあって、そんなことをフッと思ったんです。それを割合受け入れているというか……。それと、面白かったのは、ドローミオというのは、殴られてばかりいますよね。何かというと、殴られている。そういう人間が、とうとうひとつになって、そのことによって、話は完結するわけですが、物事がうまく行く時には、そういう役割をする人間が必ずいるものですね。自分の心の中でもそうなのかもしれませんが。

松岡　ドローミオというのは、天涯孤独なんです。アンティフォラスたちはそれぞれ、お父さん、お母さんがいますが。ドローミオは、生まれた時から兄弟二人っきりで、それがバラバラになっちゃうわけですから、そのバラバラ度の孤立感が強い分、お互いの引力が強いんじゃないかなと思います。さっき、双子の違い、自分は何なのかという確認が、好きになる女性の違い、誰を選ぶかという点に出るという話が出ましたが、これ、ちょっと他人事《ひとごと》じゃないといいますか、自分自身に照らしてみますと、私にもひとつ違いの妹がおりまして、ほとんど双子状態で育てられたんです。和子、薫《かおる》と、名前は全然違うんですけど、子供のころは顔かたちがよく似てたんですね。着るものもだいたいお揃《そろ》いでしたし……。大人になってから、お互いにいろいろと打ち明け合ってみると、お互いにすごくコンプレックスを持っていて、それぞれこの点では私の方が上だわ、とか思っていて、ある程度余裕ができて来てから突き合わせてみると、なーんだ、そうだったの、ということなんですが。それまでは、とにかく歳《とし》が近いですし、十代のころなんかは男の子のことにとても関心がありますし、妹は私より美人で、男の子にずっともてて、というようなこともあって、すごく脅威を感じていたんですね。自分にボーイフレンドができても、家に呼んで来て、妹に会わせて、そっちの方を好きになっちゃったらどうしよう、みたいな感じだったんです。そういう複雑なものがあったんですけど、本当に私が、そういう脅威もなしに、自分に自信を持てたというのは、結婚をした時なんです。その時初めて、私は私でいられる、このままでいいんだ、と思った。妹の何かを羨《うらや》ましがったりしなくていいんだ、という自信が持てたように感じるんです。だから、この劇の二人にとっても、性格の違いも何もなかったし、ただバラバラで心細さが、特にシラクサのアンティフォラスの方にあるわけですけど、自分がエイドリアーナではなくルシアーナを好きになった、ルシアーナもどうも自分を憎からず思っているらしいと感じ、そこで何か、自分はこのままでいいんだ、ただ生きていればいいんだという、そういう自信が持てたという気がするんです。たった一人でいる時に、自分のアイデンティティとか、インテグリティ[*1]のようなものがつかめれば、それに越したことはないんですけど、「あなたは、そのままでいいんだ。だから好きなんだ」って誰に認められるかによって、立てる強さというか、それが変わって来るんじゃないかと思うんです。
河合　それは、そうですね。一人で充足している人というのは、とにかくいますけど、ものすごく珍しいんじゃないでしょうか。たとえば、レオナルド・ダ・ヴィンチとか。彼は結婚していませんね。それから、パラケルスス*2なんていう人がいますが、そういう人は、すごい存在ですね。しかし、レオナルド・ダ・ヴィンチには、嘘《うそ》か本当か分かりませんが、サライという、好きな少年がいるんですね。途方もない、馬鹿《ばか》げた少年とコンビになっているところが面白いですね。だから、人間というのは、やはり自分一人だけで、ということは、ほとんどあり得ないんじゃないでしょうか。
松岡　ですからそれだけに、先ほどのキューブラー＝ロスが、三つ子の一人で、姉妹と入れ替わってデートしても、相手が全然気づかなかったということのショックというのは、メチャメチャ大きかったんじゃないかと思うんですけど。
河合　だから、なんとかして自分というものを発揮させたいわけでしょ。こうなんです、ということを。それを一生かけてやって来たというようなことを、その人も言っていますけどね。その時に、今おっしゃったように、女性であれば男性の相手ができること、男性であれば女性の相手ができること、それによってヨシと思う、これが一番分かりやすい形なんですね。その前に、もうひとつの形は、私と違うもう一人の私がいる、そのもう一人の私と自分が合体する、というのが、ひとつのテーマなんですね。この作品は、そちらの方ですね。それをテーマにしているから、シラクサのアンティフォラスとルシアーナとの結婚を持って来ていないんですね。松岡さんがおっしゃった方のテーマなら、別々に結婚が行われなければならなくなりますね。ところがこれは、なんだかしらないけどもう一人の自分がいて、もう一人の自分が自分自身と、「うん、そうだ」と言わないと、自分が完結しない、というテーマが一番大きいから、最後にドローミオの退場で終わるというのは、そういうことだと思うんです。それが、僕らの世界で一番端的に出て来るのが、二重人格[*3]なんです。この作品、二重人格の治療として読んでみても、非常に面白い。

松岡　あー、そうですか。

河合　二重人格で一番分かりやすいのは、善玉と悪玉になるケースです。というのは、二重人格がさかんに研究対象となるのは、十九世紀の終わりから二十世紀の初めにかけてなんですけど、だいたいはキリスト教国で、ものすごく教義に従って、良い人間になろうとするんですね。すごく良い人間になると、第二人格は悪玉なんです。面白い点は、悪玉の方は、もう一人の自分、第一人格がいることをよく知っているんです。

ところが、第一の方は、第二がいるということを知らない。われわれが二重人格と呼ぶのは、第一人格と第二人格との間に分裂がある場合です。われわれが、自分の中に変なやつがいるというのは、誰でも言うことで、そうではなくて、第一と第二とはまったく違うわけです。そして、パッと入れ替わる。そうすると第二人格は、いろいろと面白いデータが発表されていますけれど、第一人格に対して悪さができるんです。たとえば、第二人格になったとたんに、地下鉄に乗ってドーッと終点まで行くわけです。そして、そこらをブラブラした後、終電がなくなるころにポッと入れ替わるんです。

松岡　第一人格に意地悪をするんですか。

河合　第一人格は、なぜここにいるのか分からない。ハタと気が付いてみると、帰りの電車はないというようなことを、第二人格は腹の中でゲラゲラと笑っているわけです。そうなることが分かっているんですね。もっと傑作なのは、第一人格が蛇を嫌いだった場合、第二人格になった時に蛇をつかんで、ポケットに入れておくんです。そうすると、入れ替わった時に、第一人格はキャーッと言うでしょ。それを第二人格はヘラヘラと眺めているという、嘘のような話です。そういう明白な善玉と悪玉というのはすごく発表されていて、その善玉と悪玉とをなんとかしてひとつの人格にして、治していくわけです。最近は、二重人格ではなくて、多重人格がアメリカで増えて来ています。単純な善玉、悪玉ではなくて、人格がすごく多重なんですね。その多重人格を治す時に、治療者が、個々の人格をいちいち呼び出して、名前の違うそれぞれと話をし、だんだんと各人と話し合ったりネゴシエイトしたりして、人格をひとつにして行く治療法があるんです。その場合必ず、その人格の中の誰かが死ななければならなくなるんです。死なないと、ひとつにならないわけですから。だから、とても大変なんです。それが今の主流なんですけど、私がやっている方法は、誰が出て来ても、同じ人間だと思って、平気で会うんです。そしらぬ顔をしましてね。第一人格とも話をし、第二人格が来ても平気で同じ人のように扱います。そういう方法で私はやっているし、それでもちゃんと元に帰って行くんですね。僕は、そちらの方がいいと思うんですけどね。自然にひとつになって行きますから。ところが、人格をひとつひとり固定させて、それに対して話をしていると、どこかで殺さなければならなくなりますから、大変なことになって来るわけです。私の方が日本的というか、モヤモヤとやっているうちに、ひとつになりました、というやりかたです。これを今度アメリカで発表してやろうかと思っていまして、あなたがたのやりかたより、こちらの方がいいんだという話をしようかと思っているんですが、この作品の面白い点は、どちらも知らずに平気で喧嘩《けんか》をしているうちに、なんだかひとつになって行きますでしょ。だから、僕のやりかたと似ているんです（笑）。

松岡 なるほど。

河合 正面切ってワーッと言い合いをしたり、喧嘩をしたり、殴り合いをしたりしながら、最後はスーッとひとつになって行くでしょ。そういう読みかたをしても、すごく面白いですね。「もうひとりの私」ということが、すごく大事なテーマになるんです。また、そういう点では、誰でも実際に「もうひとりの私」を持っていますよね。その、もうひとりの私をどう生きて行くかということが、ずっとテーマになりますから。それが、先ほどから言っていますように、だいたいは第一と第二が対比的になるから、後の時代の双子物語になればなるほど、対比が際立《きわだ》って来ますね。この作品などは、運命的に分けられていて、これもまた面白いなと思うんですが。それから、こういう演劇というのは、観客は絶対的に観客でいられますね。

松岡 そうなんです。

河合 誰ともアイデンティファイせずに、「アホなことやってる」と、ゲラゲラ笑っていればいいわけですから。ところが、深刻な作品になると、誰かにアイデンティファイするんですね。リア王にアイデンティファイするわけです。こういう作品は、まったく気楽に見ていられる。それはなぜかというと、全部教えられていて、全部タネが分かっているからですね。ちょっと対比が出て来たりすると、われわれも単なる観客ではいられなくなって来る。もうひとりの私が出て来て、私が大変好きな作品に、遠藤周作さんの『スキャンダル』という小説があります。『スキャンダル』には勝呂《すぐろ》という作家が出て来て、授賞式のパーティでヒョッと見たら、ものすごく変な顔をした自分がむこうにいて、アレと思うんです。それから、どうももう一人いるらしいという感じになるんです。病理学の方から言うと、まず二重人格がありますね。それから、ドッペルゲンガー[*4]。幻覚だけど、見えるんですね。これは、実際にあります。もうひとつは、集団ヒステリーというものも、起こり得る。たとえば、ここにいるわれわれ全員がヒステリー状況になって、ヒョッと見るとそこに、松岡さんがいる。一人が見えると言うと、全員が見えると言う、そういうことがあり得るんです。それから、本当にソックリさんが悪いことをしているという場合もあります。で、遠藤さんの『スキャンダル』で僕が好きなのは、どの答えにも合わないということなんです。ずっと読んでいくと、これは結局ソックリさんのことを書いていたとか、いや、ドッペルゲンガーの話だとか、集団ヒステリーの話だとかって、そういう風にならないんです。書評にも書きましたが、これが本当のミステリーですね。「結局は分からない」

という所へ行く。大概のミステリー小説は、ミステリーじゃない。答えが分かっていますからね。あれは偽物《にせもの》で、遠藤さんが書いたのが、本当のミステリーなんだ、と。
「もうひとりの私」のテーマが、そういう風に、ズーッと変わって行くんですよ。こ
の『間違いの喜劇』は、その一番最初のタイプではないかと思います。
松岡　「もうひとりの私」の原型ですね。
河合　対比も何もなくて、なんか運命的にもう一人いるという……。
松岡　先ほど、二重人格の治療になるとおっしゃいましたが、周りの人間はどの人たちも全部、相手は一人だと思って対応しているんですものね。
河合　そのうちに一人になって行くというか、話がハッキリするというか。その代わり、ガタガタとはするんですけどね。ともかく、「もうひとりの私」というのは、永遠のテーマですね。だからいろんな扱い方があって、その中でも双子というのは、重要なモチーフですね。E・T・A・ホフマンという人が書いた『悪魔の美酒』というのも、双子の話なんです。あれも面白い本ですけどねえ。この場合は、双子だということがなかなか分からない、謎《なぞ》が解けないように書いていて、そこから悪いことが起こって来るんですけど……。それにしても、このころの演劇というのは、こういう風に、観客がひたすら楽しめるということが、上演の約束事だったんでしょうね。

松岡　そうですね。これは上演の仕方なんですけど、双子二組だからといって、本当の双子を使ったりすると、大変なことになるんです。舞台での混乱を客席で笑えなくなっちゃうんですね。観客も分からなくなっちゃうから。だから、リアルに考えると似ていないけど、でも似ていることにしようという約束事で、初めて安心して笑える。一人二役でやったり、本当の双子でやったりすると、舞台も混乱、お客の頭の中もワヤワヤになっちゃって、えらいことになってしまうんです。その辺りを計算して、作っているんですね。お客は安全圏にいて、登場人物よりお客の方が圧倒的に情報量が多くて、それで笑えるという……。だから、喜劇としても本当に王道というか、双子ものとしても原型というか、そこに一種の大らかさがありますね。

河合　アンティフォラス、ドローミオといった名前の下に（E）（S）とありますが、これを全部取って台詞を書くと、読んでいてすごく困りますよね。現実には、そうなんですよ、二重人格なんかの場合。

松岡　そうですよね。（S）なんて胸にはりつけて、出て来るわけがないですからね。

河合　それでも、近代的な演出だったら、ちょっと分かりにくいのもあるんでしょうね。混乱させるような。

松岡　ええ。そういう配役も見ています。すごく効果的なのもありました。一人二役、だから、四人の役を二人でやる形で、シラクサのペアとエフェソスのペアというのは、ほとんど同じ服を着ているんですけど、たとえばヴェストの色だけ違うとか、そういう区別なんです。だから、最初にしっかりこちらの頭の中に刷り込んでおかないといけないんです。途中でヴェストの緑と橙色《だいだいいろ》と混乱しちゃうと、こっちまで分からなくなるという、スレスレの面白さですね。

河合　演出する人は、どちらでも選べるんでしょうけど、観客としては、チャンと分かっていて、ゲラゲラ笑うというのが、本来的な形でしょうね。

松岡　話が戻りますが、一度嫉妬《しっと》にはまり込んでしまうと、その行動様式というのは、男も女も関係ないですか。巷《ちまた》ではよく、男の嫉妬の方が怖いとか、いや、そうじゃないとか言いますが……。

河合　どうでしょう……嫉妬といっても、男女の愛に関する嫉妬と、あいつが得をしやがった、出世しやがった、という嫉妬とがありますね。愛に関する嫉妬は、男も女も同じですね。しかし、地位とかに関する嫉妬は、男の方が強いんじゃないでしょうか。日本の男が一番一生懸命になっているのは、地位を上げるということなんです。特に、官庁なんかに入った人を見れば分かりますが、同期の中で誰が上に上がるかということを、みんなすごく気にしていますね。民間の企業でも、だいたいそうですね。

一口に課長といっても、どの課長が一番かということを、みんな知っていますし。日本人は、そういう順番をつけるのが大好きなんです。このことに関する男の嫉妬は、すごいですね。女性の場合はやはり、男女間のことが先行するんじゃないでしょうか。

松岡　それは、社会的なコンディションの問題もあるんでしょうね。

河合　あると思います。だから、女の人が男社会に入り込んだ場合、同じことになります。地位に対する嫉妬がすごいですね。男女で嫉妬がどう違うかということは、もう少し研究しておきます。

松岡　いずれ嫉妬については、『オセロー』とかの時に、別の側面から大テーマとして、改めてお聞きしたいと思いますが。

河合　『オセロー』にもうまく書かれていますが、嫉妬に陥っている時は、本当に変なことが起こるんですね。そうとしか思えないようなことが、ちょこっ、ちょこっと。

松岡　イアゴーがいなくても……。[*5]

河合　イアゴーは、心の中にいるようなものですからね。そうすると、バーッと狂っていくんです。そして、なかなか消えないですね。

＊1　インテグリティ／integrity　ぴったりの訳語がない。辞書には「清廉《せいれん》、

高潔、誠実」などとあるのだが。要するに「それが欠けるとその人（私）でなくなるもの」で、私個人は「節《せつ》」が一番近いような気がする。日本語にインテグリティに当たる語がないということは、日本人に……？」〈M〉

＊2　パラケルスス（一四九三〜一五四一）　スイス生まれの錬金術師、医師。ヨーロッパと中東を遍歴した。医療に化学を導入し、梅毒について、当時最新の記述を残した。〈K〉

＊3　二重人格　通常の人格に対して、それとまったく異なる第二人格ができて、ときに第一人格と入れ替わる現象。同一人物が二つの人格をもつ。二十世紀の初めごろ多くあったが、だんだん少くなった。今は多重人格が多い。〈K〉

＊4　ドッペルゲンガー　「二重身」とも言う。自分と同一の人物を見たり、その存在を確信したりする症状。ゲーテの体験が有名である。エドガー・アラン・ポー、ドストエフスキー、芥川龍之介にこれを主題とした作品がある。〈K〉

＊5　イアゴー　『オセロー』の重要な登場人物。ヴェニス公国の将軍オセローの旗手。オセローがキャシオーを副官に任じたので二人を怨《うら》む。その恨みを晴らすため、オセローの新妻デズデモーナとキャシオーとの不倫をでっちあげる。有名なハンカチのトリックの仕掛け人。〈M〉

【対談の余白に】

「兄弟」と「未来」に隠されたもの

松岡和子

brotherとかsisterという語が出てくると「うーむ」と悩む――英語をはじめとする西洋言語から日本語への翻訳をしたことのある人なら、誰でも覚えがあるはずです。え、こんな簡単な言葉で？　そうなのです。兄にするか、弟にするか。姉、それとも妹？　原文のどこをどう読んでも、どちらなのかよく分からないことが結構ある。その度に悩む。これが伝記的な文章に出てくると、年譜などの文献に当たらなくてはならなくなる。

原文が話し言葉でなく書き言葉なら、ちょっと観念的ではあっても「兄弟」「姉妹」と訳して先へ進めるのですが、戯曲などの会話文だとそうはいかない。たとえば「ねえ、兄弟さん」と呼びかけたのでは日本語にならないでしょう。『間違いの喜劇』にも三組の兄弟・姉妹が登場します。エイドリアーナとルシアーナの場合は問題ないし、悩まない。前後の文脈から前者が姉で後者が妹だということは明らかだからです。ところが二人のアンティフォラス、二人のドローミオは双子です。兄も弟もないはずだし、日本でも実際の双子たちは兄だ妹だと意識せずお互いに名前で呼び合うのでしょうが、この劇中のようにbrotherと出てくれば、日本語として自然な流れにするためには無理にでも「兄」とか「兄さん」、「弟」と決めなくてはならないのです。

『尺には尺を』の場合はもっと複雑です。イザベラとクローディオという姉弟（または兄妹）――ほら、日本語にするにはこんなふうにすぐ「カッコ・または」が必要になる――の運命を中心軸とする芝居ですが、そのどちらを年長と読むかが問題になる。どちらでも成立するのですが、それをはっきりさせざるを得ない日本語での上演では、イザベラが姉か妹かによる二人の関係や主張の色合いは、原語上演よりも違いが大きいはずです。同じシークエンスでも、兄に楯突《たてつ》く妹になるか、弟にお説教する姉になるか、その振れがより大きいと言い換えてもいい。もちろん原語での上演でもイザベラをクローディオの姉にするか妹にするかという選択は避けて通れません。でも年齢差をはっきり出したければ、sister／brotherはそのままに、見るからに若い俳優を使うか老《ふ》け目の俳優を使うかして表現すれば済むことです。

英語国民にとって兄弟姉妹の年齢の上下を明らかにする必要があれば、わざわざ older brother とか younger sister と形容詞をつけて区別するわけですが、大方の場合は、書く側も読者・観客として読んだり見たりする側も、あまりその必要を感じないらしい。と言うことは、英語では兄弟姉妹に「長幼の序」はない。みんな平等で対等。それが言語の中に予《あらかじ》め埋め込まれている。それにひきかえ私たちは older brother に対しては「兄」、younger brother に対しては「弟」という独立した言葉を持っている。年齢によって上下関係を決めるということが言語に内在していると言っていいでしょう。

その反面、言語に現われている男女の「平等・対等」は英語と日本語では逆転します。英語では男は man、女は woman、人間は human。woman も human も man がベースになっている。それどころか man で「人間」を代表する場合もある。そこで、ＰＣ（politically correct――辞書には「政治的に正しいと認められた信条」とありますが、要するに差別的な言い方はしない・させないこと）に敏感になっている現在の米英では、chairman とか fireman という語も man が入っているので女性差別だとばかり、chairperson とか fireperson と中立的な言い回しに置き換える傾向にある。

でも日本語では「男」「女」「人間（人）」。女がその席に就こうが男が務めようが「議長」は「議長」、「消防士」は「消防士」。欧米からは男尊女卑が根強く残っていると思われている日本ですが、そして、それも故《ゆえ》ないことではないのですが、言語に現われているかぎり、英語より日本語のほうが遥《はる》かに男女は平等であり対等なのです。

というふうに、言語にはそれを母語とする国民・民族の深層にある「ものの見方」や精神構造が、知らない間に現われています。

ずいぶん昔になりますが、アメリカの画家アンドリュー・ワイエスの日本初の展覧会が開かれたとき、そのカタログのための翻訳を依頼されました。長い解説文だけでなく、作品名の翻訳も。大体は滞りなく訳せたのですが、ずらっと並んだリストの中の Melting Snow というタイトルまできてはたと立ち止まってしまった。直訳すれば「解けていく雪、解けつつある雪」です。なんじゃ、これは？何を指しているのか、どんな絵なのか思い浮かべることもできない。そこで、担当者に頼んで絵の複製のコピーを送ってもらうことにしました。

それを一目見て「あっ」と思いました。画面の大半を占めるのは枯れ草に覆《おお》われた大地。そこを歩いている人のブーツを履いた脚が、映画で言えば「大写し」で描かれている。で、画面の片隅には、周縁が薄くなって下の枯れ草が透けて見えそうな雪。Melting Snow とは「残雪」のことだったのです。

面白いなと思いました。こういう雪を melting「解けつつある」と表現すると、その先に見えてくるのは、雪が解けきった枯れ草の丘。先々この雪はすっかり解けてなくなるということが前提となっている。「未来」に目が向いた表現。一方「残雪＝残っている雪」または「名残り雪」という言葉の背後には、まだ雪に覆われていた雪解け前の丘という風景がありはしないか。「残雪」は「過去」に目を向けた表現だと言えるでしょう。

そう言えば、と別の情景と言葉が脳裏に浮かんできました。

私の友人の一人にめちゃくちゃ日本語の達者なアメリカ人がいます。当時彼は日本人の女性と結婚していて、息子さん二人とともに日本とアメリカを行き来していました。仮に彼の名をジョンさん、その妻の名をマミさんとしておきましょう。彼女の実家に滞在していた二人を訪ねたときのことです。四方山話《よもやまばなし》の途中でジョンさんが言いました、「あ、マミ、忘れる前に言っとくけど、お義母《かあ》さんに……」。それを小耳に挟んだ私は思いました――「忘れる前に」は before I forget の直訳だ、日本人並みに日本語を話し、日本人以上に語彙《ごい》の豊富なジョンさんにして「忘れないうちに」とは言わず、before I forget の直訳が出ちゃうんだ。

before I forgetは「いずれ忘れる」という「未来」が前提になった言い方です。本来の日本語なら「忘れないうちに」と言うべきで、これは「忘れないで覚えている」過去から現在までの時間を基にした言い方。

事例が二つでは根拠薄弱と言われるかもしれませんが、それを承知で、また大雑把を承知で言えば、英語は未来指向で日本語は過去指向。

日本語でも「暗くなる前に」「暗くならないうちに」のように両方の言い方が自然な例も多いのですが、少くとも英語には後者に当る言い方はない。どちらを英訳してもbefore it gets darkです。むろんどちらがいいとか悪いとかの問題ではありません。まさに、言語にはかくもそれを母語とする国民の精神構造が現われていると言いたいのです。

翻訳作業を通して毎日のように英語と日本語とを突き合わせていると、こんなふうに二つの言語の裏にぴたりと張りついたメンタリティの違いといったものも同時に見えてくる。

実は、この『快読シェイクスピア』の対談で『十二夜』を取り上げたとき、劇そのものの話が一段落してから、くだんのbrother / sisterの問題（『十二夜』にもヴァイオラとセバスチャンという二卵性双生児が出てくるので）を皮切りに、今これまで述べてきたようなこともお話ししました。「忘れる前に／忘れないうちに」が話題になったとき、河合さんが「それに日本人というのは否定的な方から表現するのが好きですね」とおっしゃいました。そして、「そう言えば、『未来』という言葉そのものが未来指向じゃありませんね」「そう、『これから来ること』じゃなくて『未だに来ないこと』ですからね。これも否定形ですね」と大いに盛り上がったものです。そして、大学時代のフランス語の恩師の言葉を思い出しました。「日本語には未来形はないのよ。英文和訳とか仏文和訳で未来形を『……でしょう』って訳すけど、『……でしょう』が日本語として定着してるのは天気予報だけ」――関東地方は晴れるでしょう――。

確かにI'm coming to your place tomorrow. を「明日、あなたのところへ行くでしょう」と訳したのでは英文和訳としてはタダシイけれど日本語にはならない。こんなことを言ったら、相手は「来るの、来ないの、はっきりせい」と言いたくなるに決まっている。河合さんは「『未来』という語はfutureの訳語として日本語に入ってきたんでしょうね」ともおっしゃいました。対談後、家に帰って辞書を引いてみました。

未来――「①時の経過を三つに区分した一つで、これから来る時。将来。②《仏》三世の一。死後の世界。あの世。後世。来世。未来世。③主として西欧語の文法で、動詞の時制の一。過去・現在に対して、動作・作用・状態などがこれから行われるものとして表す表現形式。」（大辞林）

河合さんのおっしゃるとおりですね。輸入された③を日本語で表すために②の仏教用語を当てた、ということでしょう。でもやはり、日本人にも日本語にも「未来」はもともとなかったのだ、「あの世」以外は！

ところで、最近の若い人たちの言葉遣いに耳を澄ませていると、先ほど言った「忘れないうちに」という言い方よりも「忘れる前に」のほうが優勢になっているようです。たまに両方が混った「忘れない前に」と言う人もいる。言葉の未来指向から入って、ところどころ精神構造にも未来指向がきざしているのかもしれません。

夏の夜の夢

シェイクスピアの眠りと夢と

開幕と同時に登場するのは、結婚式を数日後にひかえたアテネの公爵《こうしゃく》シーシアスとアマゾンの女王ヒポリタ。そこへシーシアスの臣下イジーアスが、一人娘のハーミアと彼女の恋人ライサンダー、そしてイジーアスが娘婿《むすめむこ》に選んだディミートリアスとを連れて入ってくる。彼は、親の決定に従おうとしない娘を告訴するという挙に出たのだ。

公爵の宣告は、ハーミアがディミートリアスと結婚するか、さもなくば死刑あるいは一生独身の誓いを立てて尼になるかという厳しいもの。ハーミアとライサンダーは駆け落ちを決意し、アテネの森で落ち合うことにする。それを打ち明けられたハーミアの親友ヘレナは、婚約までしたディミートリアスに振られて失意のどん底にあり、彼の歓心を買おうとハーミアの駆け落ちのことを話してしまう。そこで四人の男女はアテネの森へ。

一方、公爵の結婚祝いに素人《しろうと》芝居を披露しようとしているアテネの職人たちも、同じ森で稽古《けいこ》をすることになる。ところがこの森では妖精《ようせい》の王オーベロンと女王ティターニアが夫婦喧嘩《げんか》の真っ最中。オーベロンは、いたずら好きな妖精パックに命じて恋の三色スミレを取ってこさせ、絞りツユを眠っているティターニアの目にかけて意趣晴らしをし、ヘレナの恋も成就《じょうじゅ》させようと目論《もくろ》む。これは、目覚めて最初に見る者に一目惚《ぼ》れしてしまうという一種の媚薬《びやく》。おかげでティターニアは、パックにロバ頭にされてしまった職人の一人ボトムに首っ丈になり、四人の恋人たちも相手を取り違えててんやわんや。だが、ロバに恋するティターニアを哀れと思いはじめたオーベロンは、解毒《げどく》の薬草で妃《きさき》の目の迷いを解いてやる。パックの役目はボトムの頭を元どおりに直すことと、四人の恋人たちの仲直りだ。

森の中での狂乱の一夜は明け、一同はアテネに帰る。そして、三組のカップルの結婚とその祝宴。そこで上演されるボトムたちの「爆笑悲劇」。妖精王と女王は、新床へ向かった新婚のカップルを祝福し、パックは観客に向かってこう言う。「ここでご覧になったのは、うたた寝の一場のまぼろし。たわいない物語は、根も葉もない束《つか》の間《ま》の夢」。

昼と夜、光と闇《やみ》、うつつと夢、意識と無意識、理性と獣性――様々な対立項が渦巻くなかで、とびきり愉快に語られる愛の回復の喜劇『夏の夜の夢』はまた、「夢」の不思議を見事に浮かび上がらせてもいる。

この作品にはギリシア・ローマ神話からイギリスの古いフォークロア、そして広くヨーロッパ中世の伝説までが織り込まれている。シーシアスはギリシア神話のテセウスのこと。ちなみにヒッポリュテ（ヒポリタ）とのあいだに生まれた息子はヒッポリュトスで、ヒッポリュテの死後テセウスの妻となったパエドラは彼に恋する。「ギョエテとは俺のことかとゲーテ言い」に倣《なら》って言えば、「パエドラとは私のことかとフェードル言い」である。

それはさておき、この喜劇はかくも西欧文化の古層に根差しているので、河合さんのご関心、ご研究のフィールドにぴたりと合う。「夢」に関しては言わずもがな。河合さんによれば、「シェイクスピアは夢というものをすごく分かっていた人」で、「夢の構造を非常にうまく摑《つか》んでいた」。

（松岡和子）

シェイクスピアの夢

松岡　先日『ロミオとジュリエット』に関してお話を伺った時に、シェイクスピア自身はあまり楽しい夢を見たことがない人なんじゃないかしらと申し上げましたでしょう。あれからシェイクスピアの夢という言葉に対する形容の例を調べてみたんですよ。そうしたら確かに劇によっては、たとえば『リチャード三世』の最後のところで、やがてヘンリー七世になるリッチモンドが、リチャードの軍と戦う前夜にみる夢は明らかに幸先《さいさき》のいい、いい夢なんですね。

fair という形容詞がつく。そういう例もあります。でもほとんどはあまりよくない、idle（根拠のない、くだらない）とか、flattering（いい気にさせる）、ominous（不吉な）、それから wicked（いやな）、bad（悪い）といった形容詞がつくのが多い。フェアに考えても、はかない、頼りにならない、実態のないものの代表として夢が語られることが多いんです。そういうこともあって、短絡的ですが、やはりシェイクスピア自身はあまり楽しい夢を見たことがない人かなと思いました。

河合　しかし、この『夏の夜の夢』という作品を読むと、こんな作品を書ける人は、夢のことをとてもよく分かっていると思いますね。
松岡　夢の二重性というのか、それこそ楽しいのと怖いの、ぼんやりしているのとくっきりしているのがありますよね。実際にはどうなんでしょう。人間というのは平均すると、楽しい夢もいやな夢も両方見るものですか。
河合　両方見ます。
松岡　覚えているのは……。
河合　両方見ますけど、目覚めて覚えているのは、不快感を伴う方がちょっと多いんじゃないでしょうかね。
松岡　ああ、そうですか。
河合　というのは、どうしても、夢というのは自分の盲点に関係してくるでしょう。自分ではちょっと認めたくないこととか受け入れがたいものが出てきた時に、より記憶に残ってくる。だから、いやな夢の方がちょっと多いんじゃないかと思います。それでも、すごく楽しいというか、ものすごい楽しい夢もあります。
松岡　私はね、いやな夢を見ても、それこそアクティブ・フォゲットフルネスで、忘れてしまうのかもしれない、楽しい夢だけ憶《おぼ》えているのかもしれないんですけど、よく夢では、これからいいことしようっていう時に醒《さ》めちゃうと言いますよね。

河合　それはあります。

松岡　でもね、どうも私は、記憶に残っている夢に限って言えば、ご馳走《ちそう》が出てくると、ちゃんと食べておいしいと思ってから醒めるという……。わりとそういうところがあるんですね。

河合　それは大したものです（笑）。

松岡　シェイクスピアの作品に出てくる夢は、喜劇に出てくる夢と悲劇に出てくる夢と少しは違うかもしれないけれども、これだけ夢に対してネガティブな形容詞のついたものが多いと、彼にとっていい夢と悪い夢のバランスはどうなっていたのかなと思います。眠りというものに対してつける形容詞とか、その表現はものすごく豊かで、読んでいるだけでも、すぐに眠りにつきたくなるくらい。しかもそういう表現は、マクベスとかリチャード三世とか、安眠や熟睡をなくした人物の口から出ることが多いんです。

河合　ほお。

松岡　でも夢は、『ハムレット』の第三独白の〝to be or not to be〟の、ちょっとあとで、〝to die, to sleep〟と言って、死ぬことは眠ること、でも、眠れば夢を見る、だから死ぬことをためらうというわけで、何も言ってませんけれども、この夢はいやな夢ということですよね。

河合　それはそうですね。

松岡　だから、シェイクスピア自身における眠りと夢との関係というのを、彼の作品によって、ちょっと分析した気になっているんです。

河合　僕はそんなにちゃんとシェイクスピアを読んでないから全体的には言えませんけど、さっきも言ったようにこの『夏の夜の夢』を読む限り、夢というものをすごく分かっていた人だなという気がしました。というのは、松岡さんも書いておられるけど、この作品全体を夢、観客の見ている夢という風に考えることができるし、そう考えると、夢の構造を非常にうまく摑んでいると言えますね。作品全体が四つの層からできている。アテネの公爵シーシアスと婚約者ヒポリタ、四人の若い恋人たち、それから芝居をしようとする職人たち、更に妖精の王と女王を中心とした妖精たち、という風に。これは考えたら、意識構造がだんだんだんだん深くなっていくようなものです。シーシアスとヒポリタの方はわりに意識の世界に近いですね。それに対して妖精の世界は、一番奥の無意識の世界。だから妖精の世界のことは意識の世界の人間には誰にも見えないんです。面白いことには、この無意識の世界に一人だけ突入するのが職人のボトム。彼だけがポンと入れるわけですよ。それからこの層の間を自由に行き来しているのはパックです。あれは、道化役ですから、道化というのはそういう才能を持っている。だからどの層で夢を見るかによって違う。そういう見かたもできるわけです。そして、たとえば恋人たちの見ている夢なんていうのは、恋というものがそもそも夢だと言えるんだけど、そして本人たちは、自分が夢を見ているつもりなんだけど、本当は、プロモートしているのは妖精なんですよね。本人たちは知らないで急に好きになったりしているんですけど、すべては妖精たちがやっているというのは、これはすごいと思いますよ。

松岡　今、河合さんは、この劇の構造を縦軸でおっしゃいましたけど、横軸で考えても、全体が夢の構造になっていると思うんです。最初は、目覚めの世界で、森の中に入って、眠って……。

河合　眠りというのは深まると森へ行くんです。そこがすごい。

松岡　それで、また森の中で目が醒めて、森の外へ出て現実の日常の世界に入っていくという。

河合　面白いのはね、一番初めの宮廷の世界では、眠りということはないことになっていて、途中からの眠りがずーっと最後に連なってくると考えてもいい。

松岡　そうですね。

河合　そういう風に構造的にもきれいにいってますね。だから人間の意識構造とわれわれの言っている無意識といいますか、それとの関係をすごくきれいにとらえて、この作品をつくっているという感じがしました。

女が動かし、男が決定する

河合　僕がもうひとつ気になったのは、明らかに、登場人物がペア、対《つい》になっているでしょう。シーシアスとヒポリタ、それから妖精の……。

松岡　王オーベロンと女王ティターニアですね。シーシアスのペアのカウンターパートになっている。

河合　そう、カウンターパートになっている。でも結局、話を決めるのは、二人の男の方なんです。つまり、シーシアスとオーベロン。というのは、最後の所で、アテネの法をまげてもと言って若者たちの結婚を決定するのはシーシアスですね。一方それに至るいろんな、取り間違えとか媚薬を盛ったりする動きはオーベロンがやっているんです。だからこの二人の男が話の展開を握っていて、その間をウロチョロするのがパックとボトム。みんな男なんですよ。
松岡　私、そのことに関して、すごく河合さんのお話を伺いたかったんです。ちょっとこれ（ちくま文庫『夏の夜の夢・間違いの喜劇』シェイクスピア全集4　松岡和子訳）のあとがきにも書いたんですけど、そういった男軸の世界があって、それに対して、シーシアスの婚約者ヒポリタは、アマゾンの女王、つまり女だけの国の女王でしょう。だからこの『夏の夜の夢』という作品はいろんな切りかたができるけれど、ひとつの切り口として、女同士の親密な結びつきを男が危機に陥《おとしい》れるという、そういう読みかたができるんじゃないかと思うんです。
河合　そうです。そこが面白いところですが、今言ったように、パッと見える世界は男が切っているというか、筋を通している。それで僕はまず、へえーと思ったんですね、シェイクスピアは女嫌いだから……（笑）。
松岡　そう。それはいくらでも証拠を挙げられます。
河合　だから男の世界を描いたのかなと思ったけど、それじゃ面白くない。それで、もう一ぺん読み直して、はっと気がついたのは、さっき言ったように、決定的なことは男がやっているけど、話の始まりは女たちなんです。つまり、ティターニアがオーベロンの望みにノーと言わなかったら話が始まらないわけで、彼女はオーベロンと別れて暮らすほどにはっきりと彼の望みにノーと言っている。それから恋人たちの混乱も、結局は娘のハーミアが親の言うことを聞かずに、自分の好きな男と結婚したいと言ったことから始まっている。このふたつがこの話をプロモートしている。だからすごく面白いのは、男たちが決定しているみたいだけど、話を動かす原動力になっているのは女の意志なんです。

松岡　なるほどね。

河合　そう思って読むと、この女と男の関係はすごく面白い。

松岡　ちょっとアリストパネスの『女の平和』みたいな、それこそ下世話な言いかたすると、ティターニアは、そんな無理を言うなら寝てあげないわよという、『女の平和』の武器を使う。

河合　ただ、しかし、これも面白いんだけど、ティターニアはむしろシーシアスが好きなんですね。応援している。だから男女交錯しているんですね。

松岡　そうなんですよ。オーベロンとヒポリタ、シーシアスとティターニアの線。

河合　あらゆるところにカウンターパートをつくっているんです。そういう点もうまいと思いますね。

松岡　さっきちょっと申し上げかけたんですけども、アマゾンという女性だけの国にシーシアスという男の軍が攻め込んで、女たちだけの世界を壊して、略奪して、ヒポリタと結婚することになる。ティターニアも、インドでまるで恋人同士みたいに仲良くしていた女が亡《な》くなり、その女の形見として彼女の子供を大事にしているのに、それをオーベロンが来て寄越せという。だから、女たちの絆《きずな》を、やっぱり男が脅《おびや》かそうとしている。その最たるものが若い娘ハーミアとヘレナの友情。「見かけは二つ別々でもぴたっと一つにくっついた」さくらんぼのようだったとか、ひとつのクッションに一緒に座って刺繡《ししゅう》をしたとか表現されていますけれど、そんな双子みたいな仲良しだったのが、男が現れることによって、不倶戴天《ふぐたいてん》の敵にまでなりかけてしまうんですね。そういうものが確実に見てとれると思うんです。そこまでは気がついていたんですけど、今、河合さんがおっしゃった、男が軸になっているということ、それは私は見えなかった。今おっしゃっていただいて、あ、これで何か……。

河合　しかし男の軸を動かしているのは女なんです。そこが面白い。

松岡　そうですね。

河合　女たちがノーと言ったり、私こっちが好きとかって言わなかったら、何も起こらない。そう言われたことに対して、男たちがなんとかしようとして話が動くんですね。もうひとつ、今おっしゃったさくらんぼと言いますか、同性同士、特に女性同士のぴたっとした一体感というのは無意識そのものなんです。無意識の一番底はそうなんです。そこへ男が働きかける。男というのは意識なんですよ。意識をもたらされていろんな行動が出てくる。だから、ちょっと話が横に行くみたいだけれど、日本人の男の友情というのは、外国人に同性愛だと思われるのがものすごく多いんです。

松岡　そうらしいですね。

河合　それはなぜかと言うと、日本人は無意識的一体感というのをまだひきずっているんですね。

松岡　そうするとね、私がもうひとつ気になっていたことに説明がつくんですけど、職人たちというのは、あれはほとんど同性愛的なものだと私は思うんです。

河合　そうそう。あれは、宮廷世界や恋人たちの下にあるものなんです。

松岡　無意識に近いということですね。

河合　非常に無意識に近い世界に生きているんです。その中のボトムなんていったら、ぼそーっと妖精《ようせい》の世界に入り込んでしまう。

松岡　よくぞボトム（底）という名前をつけましたね。

河合　あれはすごいですよ。彼だけが妖精を見ているんです。他の職人たちは妖精にいろいろ影響されるけれど、妖精の存在にさえ気がついていない。ところが彼だけはその世界を知る。知るどころか、その中に放り込まれたりする。あの集団は確かに同性愛集団ですね。

松岡　そうですよね。おそらく年齢も様々で、普通のというか、他のシェイクスピアの作品の中にああいう連中が出てきたら、お前のかみさんはとか、俺の女はとか言うでしょうに、完全に女っ気がないんですよ。

河合　そうそう。しかしね、日本の男たちは、今でも完全に女っ気なしにしてやってますよ。芝居だって、歌舞伎《かぶき》なんか女は使わないわけですからね。つまりあれは、生きた女性を使うとごちゃごちゃになってしまうんです。生きた女性を使って、生きた男性と惚《ほ》れたはれたという話になると、どうしてもインディヴィデュアルというのが出てくるんです。インディヴィデュアルが出てきたら、歌舞伎は成立しないんですよ。だから、おそらく西洋でも、昔は、俳優に女性を使ってないです。

松岡　そうです。シェイクスピアの時代は女性役は、全部変声期前の少年俳優。

河合　そうでしょう。つまりね、男と女が愛し合うなんていうことにみんなが本気になり出したら、秩序が壊れるわけです。僕らの子供のころでもそうでしたね。職場結婚というのはものすごくいやがられた。職場の秩序を乱す、つまり職場というのは、みんなが寄って会社のために働いているわけでしょう。そこへ……。

松岡　インディヴィデュアルな……。

河合　ええ、私はこの人のために死ぬなんて言い出す男が出てきたらけしからんわけですよ。僕ね、シェイクスピアってすごい天才だと思うけれど、この作品を見ると、ティターニアとオーベロン、ヒポリタとシーシアス、それに若い恋人たち、ここまでは誰でも構造を考えられるわけですよ。そこにあの職人集団、考えたらなんの関係もないのが出てくる。彼らはシーシアスとヒポリタの婚礼の晩に芝居をやろうとしているのだけれど、またその芝居がすごい。誤解によって人殺しが起こるという芝居です。ところが、実際の若い恋人たちは、ハーミアが「あなたは人殺しをしたでしょう」と言う所があるけれど、ひょっとしたら人殺ししたかも分からない状態にまでなっている。実際には起こらなかった代わりに、あの劇中劇の中で人殺しというすごい悲劇が起こっているんですね。だから何層にも重なった話が、ものすごくうまくできている。あの集団、それからその中のボトムというのは、大事な役割を演じているわけです。

松岡　これは、よく言われることで、ヤン・コットというポーランドの演劇学者が、アプレイウス作の『黄金のロバ』という昔の話とこのボトムがロバになるということを結び合わせて本を書いているんです（『シェイクスピア・カーニヴァル』平凡社）けど、ロバというのは頭が足りない馬鹿《ばか》の象徴でもあるけれども、最も性的能力の高いものの象徴でもあるという。そうすると、愚かさと性的能力の高さをひとつにあわせもった者ということと、さっき河合さんが指摘なすった、妖精の世界に一番近いというか、無意識の世界に一番近いボトムは、ロバになることによってより無意識の世界に近くなったということですね。だから、変身させようと思ったらサルでもなんでもよかったと思うけれど、あえてロバにした意味というのかしら……。

河合　僕は絶対あると思いますね。そして、さっき言ったように、ティターニアはノーと言うんだけど、そのティターニアの意志は、媚薬《びやく》によって、結局はオーベロンの思うとおりになる。すべてがね。だけどそれじゃあティターニアはオーベロンの思うとおりに動いただけかというと、そうではなくて、まったく思いがけないところでロバと恋愛することによって、ある意味で言うと、すごく楽しい世界を知ったかもしれない。オーベロンのあずかりしらないところで。そう考えたらまた面白いですね。

松岡　そうですね。ですから、舞台で見たり、特にバレエになった『夏の夜の夢』なんか見ると、ほんとに妖精たちはふわふわと、きれいきれいで、ロバちゃんも可愛《かわい》いわねなんていう感じで出てくるんだけど、でも、よく考えたら、ロバと寝ている。

河合　そうですよ。

松岡　これはちょっとすごいことですよね。

河合　でも、無意識の世界というのはそういうことなんですね。そういうものが結びついてすごいことも出てくる。この作品を最初パッと読んだだけだと、何をやっているんだろうと思う。ところが、ストラクチャーを考え出すと、すごく考えて作っているのが分かってくる——まあ、考えないで、出てくるままにやっていたら、すごいことになったのかもしれないけれど。

＊オーベロンの望み　妖精王オーベロンは、ティターニアがインドの王から盗んできた可愛い少年を欲しがるが、ティターニアは首を縦に振らない。〈M〉

イギリスの森は平ら

松岡　さっき、女性同士の蜜月《みつげつ》時代に、男が入ってくる、男は意識だとおっしゃいましたけど、どうなんでしょう。よく言われる言葉ですけれども、他者というのかしら、そういう風にも考えられませんか。

河合　そうです、他者として認知する。面白いのは、オーベロンの意識でみんなうまくいくように思うけど、結局は、それとぜんぜん違うことをパックが起こすから面白くなるわけでしょう。だからさらに言うと、意識の力なんていうのは大したことはないということなんですね。パックが媚薬の使いかたを間違える、それで面白くなる。

松岡　媚薬の働きというのも面白い。結局、いわば解毒剤《げどくざい》のようなものを塗られて、万事メデタシメデタシになるんだけど、ディミートリアスは一人だけ解毒剤を塗られないままなんですね。それでメデタシになる。だから、正気で醒《さ》めて相手を認知して好きになるからメデタシメデタシじゃなくて、媚薬を塗られたままの方がもしかしたら幸せなのかもしれないという、それも考えさせられますしね。

河合　だから、僕が読んでいて一番存在感が感じられないのは恋人たちでしたね。彼らはふわふわ、ふわふわしている。まあ、彼らがいるから話が分かりやすくていいんですが。

松岡　さっき眠りが深まると森へ行くとおっしゃいましたけれど、夢の世界が森だと[*1]いうことをもう少し伺えますか。

河合　森は、無意識の世界そのものなんです。だから森は昔ばなしにでもなんにでも必ず出てきます。

松岡　私ね、安野光雅さんとご一緒に、「シェイクスピア歌枕《うたまくら》の旅」[*2]で、「イギリス編」をやった時に、シャーウッドの森に行ったんです。シャーウッドの森は、もちろんロビン・フッドですから、シェイクスピアとは直接関係ないんですけれども、イギリスの森を私、一度は見ておきたいと思ったものですから。そこで私は大発見をしたんですよ。誰に言っても、「何が大発見なの」っていう顔をされるんですけれど、シャーウッドの森に入って歩いてた時に、私がパッと気づいたのは、イギリスの森は地面が平らだということなんです。

河合　そうなんです。

松岡　これはすごく大事なことだと思ったんです。

河合　日本人はそれを知らないんです。日本人は森といったら山を思うんです。

松岡　きゃあ嬉《うれ》しい！　河合さんだけですよ、私の発見に対してそういう風に反応してくださったの。

河合　僕はドイツに行って感激させられたんです。わあ、森は平らだ。

松岡　嬉しい、嬉しい（笑）。ほんとに、河合さんお一人です。これはすごいことだと思う。つまり、それが当たり前の人にとっては何でもないことでも、われわれ日本人にとっての森といったら、即、山ですよね。斜面に木が生えているものを森という。ところが、『夏の夜の夢』や『お気に召すまま』ではみんなが森の中でてんやわんやするけれども、それは地面が斜面だったら絶対起こらないことなんですよね。

河合　そう。だからいろんなものがいっぱい出てこられるんです。
松岡　そう。だから、私はね、シャーウッドの森に行って、歩きまわって、イギリスの森は平らだっていう発見があって、これが理解できたんです。
河合　僕は、グリム童話がそれでよく分かったんです。これだったら森の中にいっぱい何かがおるはずやと。行けども行けども行けども、奥が分からないんです。
松岡　そう。行けども行けども……。そうなんです。
河合　日本の森というのは、どうせ山へ上がってしまって……。
松岡　あとは降りれば帰れる。
河合　それこそ、ドイツのシュヴァルツヴァルトなんか、ずーっと平らに続いている。入ったらもう分からないんです。そして、わりと、歩けるんですよ。日本は斜面だから歩けない。
松岡　平らだから走りまわって、迷子になって、そうかと思うと、また思いがけないことに出会うということが、可能なんですよ。
河合　そして奥が分からない。どこまで行ったらどうなるかぜんぜん分からない。
松岡　これが斜面になってたら、一緒に駆け落ちして、僕はこっちに寝る、きみはあっちに寝ろ、もうちょっと遠くへ行ってなんて言ってるうちに、下手をするとごろごろと転がって行っちゃうでしょう（笑）。

河合　僕は昔ばなしが好きな人間だから、あっちへ行って感激しましたね。こういう森だったんだって。

松岡　本当に嬉しい。私はこれを発見した時、叫びましたもの。もちろん『夏の夜の夢』の舞台はアテネの森ですけれども、シェイクスピアの場合は、イタリアや架空の町を描いても、必ず実際に自分の知っているロンドンだったり、ストラットフォードの郊外の森だったりが入っているんですね。ですから、ここにはイギリスのフォークロアが入っていますし、森そのものが確実にイギリスの森なんです。だから、森の奥深さというか、本当に入っちゃったらひょっとして出てこられないかもしれないという不安感は、やはり平らだということとすごく関係があると思うし、それだけに無意識の世界の、出口がどこだか分からないという状態が、森というもので表されるということともつながるんですね。

河合　そのとおりですね。

＊1　森　森は無意識の象徴として、多くの物語や夢に現われる。ヘンゼルとグレーテルの森はその典型。無意識の内容が森に住む魔女として語られる。夢

では、自分が森のなかにさまようというイメージになる。〈K〉
＊2　シェイクスピア歌枕の旅　講談社のPR誌『本』の表紙絵は安野さんが描いておられる。一九九六年から三年間のテーマはシェイクスピア劇。私は毎月取り上げた作品についてエッセイを書かせていただいた。私が勝手に「シェイクスピア歌枕の旅」と名づけたのは表紙画のための取材旅行。前記のヴェローナ行きは九七年の「イタリア編」で行った。〈M〉

月の世界の住人

河合　それからもうひとつ、僕は、これがちょっとうまく分からなかったんだけど、この作品には、処女神のディアナ、ダイアナが背後にいるんですよね……。ダイアナがどういう風に働いているのか。ダイアナは絶対、男嫌いですからね。
松岡　そうですね。
河合　絶対に結婚しないで貫くような処女性が、この中に動いているはずなんですけれど、それがあんまり見られなかった。この作品には、時々、アポロンとダフネの話が出てきたりして、ギリシア神話をずっと背後に使っているでしょう。

松岡　そうですね。この作品の特徴は、イギリスの土着のフォークロアと、キリスト教と、それからギリシア・ローマ神話と、その三者がまざっていることですね。最初に、ハーミアが父親の言いつけに背いたら、どうなるかと訊《き》くと、シーシアスが尼の衣に身を包みと言うのは、これはキリスト教なんだけれども、月に向かって賛美歌を歌うというのは、ローマ神話のダイアナ信仰。

河合　あそこで、結婚をせずに尼になるというのには、処女性を貫くというダイアナ信仰も入っていると思うんですけれど、何もハーミアはそんなことしたくない、結婚したいかもしれない。

松岡　嫌いな人と結婚するくらいなら、処女でいた方がいいとは言うけれど……。

河合　むしろ好きな人と結婚しようという風に行くでしょう。だからダイアナ的精神みたいなものが、どこかで動いてないかと思ってだいぶ読んだんですけど、それはあんまり感じられなかった。

松岡　それから月《ルナ》というものが、むしろ、ルーナティック（狂気）ということにつながるというか、頭がおかしくなるということの方に作用していると思います。

日本の昔ばなしとかおとぎ話の中で、月と狂気というのは、やはり関係があるんですか。

河合　あまりないですね。

松岡　なんで、ルナがそうなったのかな。

河合　やっぱりそれは向こうは太陽の国で、太陽イコール意識ですからね。すごく明るくてきちっと見るのが本当の意識だと思っているから、月というのは弱い。日本人はむしろ曖昧《あいまい》なのが好きでしょう。だからべつに、月はそんなに狂気にはならないけど、西洋の世界では、月は狂気になるんですね。

それから月の満ち欠けというのをポジティブにとらえると、だんだん大きくなって、子供を産むとか、そうなるけれど、ネガティブにとらえたら、あんなに信頼できないものはないという形になります。だから西洋流に言うと、やっぱり月はどうもそういう妖《あや》しげなものになりそうです。日本では月はむしろポジティブな意味で、万葉集なんかでもたくさん詠《よ》まれていますけれど、太陽は全万葉集で三つぐらいしか出てこないんです。

松岡　まあ、そうですか。

河合　たとえば「東《ひむがし》の野にかぎろひの立つ見えてかへり見すれば月傾きぬ」。せっかく陽炎《かげろう》が立ってるのに、月の方にまた行っちゃう。西洋に行けば太陽の詩なんていっぱいあるんですが、日本人には、太陽は詩の対象にならなかったんですね。

松岡　それは男性と女性とも関係あるかもしれませんね。
河合　あると思います。
松岡　つまり、太陽はアポロン＝男性＝昼、月はダイアナ＝女性＝夜ということで、日本人は女性的・無意識的なんですね。
　それと、この作品の中に、マン・イン・ザ・ムーンというのが出てまいりますね。月の中に住む男。
河合　ええ、ありました。
松岡　月の中にいるという、薪《まき》の束とランタンを持って犬を連れている男。なんで犬を連れているんだろうと思うんだけど、日本だと、せいぜい女の人の横顔とか、餅《もち》つき兎《うさぎ》。月の中に何を見るかというのは、世界中にいろいろあるんですか。
河合　クマもあったかな。しかし、兎が多いですよ、ものすごく。
松岡　そうですか。
河合　月の兎は、間接的にはイースターの兎につながっているんです。
松岡　はあ。
河合　復活祭でしょう。さっき言ったように、月は欠けてまた復活するわけです。だから月の中の兎とイースターの兎が結びつく。そもそもイースター祭というのは、東洋的な祭ではないかと言われているんです。

松岡　それをキリスト教が取り込んだ……。

河合　ええ。生まれてくるとか復活するとか、そういうイメージがものすごく強い。だからあれは、もともとはそういう東洋的な、月を主体とした死と再生のお祭に、キリストの復活祭を後でつけたのではないか。だからそこで語られる話はあんまりキリスト教的ではないのではないかと言われているんです。

松岡　ほかの国のことはあまり知らないんですけど、月の中に男が住んでるという考えかたは、イギリス以外でもあるんですか。

河合　ああ、ありますね。しかし、それはどういう文化圏か、ちょっと知りませんけど。

松岡　シェイクスピアの中にはマン・イン・ザ・ムーンは『夏の夜の夢』以外でも言及されてると思うんです。イギリスには、シェイクスピアのおかげで今もその考えかたが継承されているということは言えるかもしれない。その前はどうだったか分かりませんが。

第五幕の意味

河合　シェイクスピアの、それこそ『リア王』とか『オセロー』を読んで、この『夏の夜の夢』を読んだら、同じ人が作った作品だろうかと思いますね。

松岡　そうですよね。

河合　それこそ『間違いの喜劇』だったら、まだある程度つながりが見つけられるけど、ここまで行くと、ちょっとつながらないでしょう。シェイクスピアにこういう類《たぐい》の話は、これ以外にはないんですかね。

松岡　ないですね。つまり、彼には三十七本の作品があるんですけれども、そのほとんどに何か種本、下敷きの話があるんです。で、特定できる下敷きがないのが、これと、『タイタス・アンドロニカス』と『恋の骨折り損』。とにかく三本か四本しかない。『夏の夜の夢』がその最たるものなんです。だからいわばシェイクスピアが自由に一番自分らしさを出して書いたものだという風に言えるんじゃないかと思いますけど。

河合　なるほどね。

松岡　もちろん神話からいろいろ取ってきていますけれども、四人の恋人がてんやわんやになって、何かが作用してとか、パックが出てきてとかというようなお話はありません。もちろん私一人で渉猟したわけではなくて、四百年にわたってみんなが探しまくって、ないという結論が出ているわけです。ほとんど彼のイマジネーションと言える。

河合　さっきも言いましたけれど、この話の中に職人の集団を入れたというのはすごいと思いますよ。普通、筋だけを考えていたら、入れられないでしょう。

松岡　シェイクスピアの作品にはいわゆるトピカル・アリュージョンと言って、当時の時事的な問題とか、噂《うわさ》になっている人物だとか、あるいは楽屋落ちとか、そういうものが入っていて、これは何からしい誰からしいけれども今は全然分からない、そんな言及がいっぱいあるんです。だから、これはまったく私の勝手な想像なんだけれど、この職人集団というのも、シェイクスピア自身の劇団のパロディになってるんじゃないかなというような……。まったく何の根拠もないですよ。でも、ひょっとして、知っている人が見たら、あ、あいつは誰だとか、ひょっとして、出たがり屋のボトムなんていうのはシェイクスピアの劇団の主演俳優のリチャード・バーベッジかもしれないとか、楽屋落ちの台詞《せりふ》があるかもしれないって思ってるんです。

河合　なるほど。これはそういうのが分かって、当時の人が見たらもっと面白かったかもしれないですね。

松岡　ええ。とにかくシェイクスピアの劇団というのは、ロンドン一人気《にんき》がある劇団でしたから、常連のお客さんだっていただろうし、そこに、いかにもという人物が出てきて、「ライオンが吼《ほ》えるのもわしがやる、女役もわしにやらせろ、きみは何と何だ」と言った時に、すぐお客さん同士がつつき合って「ほらほら、あれ」っていうのがあるのかなって、私は勝手に想像をふくらませて思ってるんです。今のイギリスには劇団制というのはほとんどなくて、プロデューサー・システムだとか、あるいは二、三年契約のゆるい劇団みたいにしてやっているんですけども、このころの劇団というのは、演劇という名のギルドみたいなものだから、毎度おなじみ、どの役者はどの役どころをやるというのが分かっているわけで、そのへんのところを面白がってやったんじゃないかなって。

河合　これ、考えたらね、恋人たちがいて、いろいろあって、そこに媚薬《びやく》の塗り間違いがあって、という話だけで展開できるわけです。ところが最後に、この職人たちが、わざわざ劇中劇をやる。面白い構成なんです。

松岡　話自体は四幕で終わっている。

河合　そうです。五幕の劇中劇は、あれがあることによって心憎いと言えばほんとに心憎いんだけど、本来必要がない。幕開きは現実世界のシーシアスとヒポリタが出てきて始まるけれど、終わりは彼らでは終わらせないで、職人たちの芝居を出し、妖精《ようせい》とパックで終わらせている。職人集団に近い面白い役者を使って演じたのかなとも思うんですけれど、今言われたようなことを考えたら、もっと面白いかもしれないですね。客がみんなやんやと喜んだかも分からない。

松岡　そうですよねえ。何だかそう思いたいし、可能性はかなりあるんじゃないかなと思うんです。

河合　そういう観点から調べた人はないんですか。

松岡　私、そういうのすごく不勉強で。

河合　勉強の好きな人じゃないとそれはだめですね（笑）。でも、勉強の好きな人は、それを思いつかないですよ。私のように思いつきの好きな人は勉強しない。

松岡　私の場合、何か思いついたら、その段階で一番面白いことはもう終わってる。あとは「これを研究して論文に書いたら、すごい論文になると思うんで、誰かやってください」となるんです。私は思いついただけでいいですからって。

河合　僕の大学院の学生も言ってますよ。「河合さんの思いつきに乗ったら大変なことになる。聞いたら面白そうに思ったけど、やったらなんにも出てこない」って（笑）。

＊思いつき　ユングは人間の心の機能を、思考・感情・直観・感覚の四つに分類する。私は直観型で、面白い思いつきをよくするが、それを実行するには他の機能の協力が必要で、思いつきをほんとうに生かすのは大変である。〈K〉

『夏の夜の夢』の演じかた

河合　今この芝居をやるのはなかなかむずかしいでしょうね。よっぽど考えてやらないと。

松岡　ただね、この『夏の夜の夢』というのは、シェイクスピアの作品の上演回数で言ったら、昔から世界中で一番人気のある本じゃないかと言われてます。ピーター・ブルック[*1]の演出した『夏の夜の夢』の上演はほんとに画期的で、ピーター・ブルック以前とそれ以後にはっきり分けられるくらいのものだったんですが、私の考えでは、彼がやったことで一番大きな影響力があるのは、シーシアスとオーベロン、ヒポリタとティターニアのダブリング（それぞれを一人二役でやる）ですね。ブルック以後、みんなそういう配役をするようになった。あれで『夏の夜の夢』の世界が、それこそ無意識まで見えるような……。

河合　そうそう。だからシーシアスとヒポリタ、オーベロンとティターニアのペアは同一人物と考えていいんです。

松岡　ブルックさんにいろいろお話を伺う機会が一度だけあって、その時におっしゃっていたことなんですけども、イギリスよりも日本の方がこの話は理解されるんじゃないか、それは、まだ日本の方がアニミズムが残っているから――アニミズムという言葉はお使いになりませんでしたけれども――というんですね。確かに私は、アニミズムというのは、これだけコンピューターが発達し、ゲームソフトで遊んでいても、やはり私たち日本人の日常というか血の中に流れているような気がするんです。

河合　そうですね。

松岡　これは私見なんですけれども、日本の言葉ってすごくオノマトペが多いでしょう。風はそよそよだとかゴーゴーだとか、雪はコンコンとか、はらはらとかさらさらとか、ものすごく多いですよね。あれは、やはり、アニミズムが言語に現れたものじゃないかと思うんです。私がそうではないかと思ったのは、バリの言葉がやはり、ポコポコとかポカポカとか、音をふたつ重ねて……。

河合　ああ。あそこはふたつ重ねるの好きですね。

松岡　音をふたつ重ねてひとつの意味にしているというのがとても多いというのを聞

いて、バリの世界は日本以上にアニミズムが現在形で生きている世界ですよね、ですから、日本語のオノマトペの多さというのはアニミズムに関係があるんじゃないかなと密《ひそ》かに思ったんです。私には翻訳をする時のひとつの奥の手というのがありまして、日本語らしい日本語にしたい時には、ここぞという時にオノマトペを使うんです。そうすると、単に動詞を使っただけの場合よりもはるかにすっと腑《ふ》に落ちる感じがする。そやたら使うと手の内がばれてしまいますので、さりげなく、ここぞというところだけに使う。そういうことも、ひとつの傍証になると思うんですけれど、私たち日本人の方がこの劇世界を理解できるのではないか、なぜならアニミズムが生きているから、というブルックさんの指摘は当たっているんじゃないかと思いますね。

河合　それはすごい指摘ですね。僕はさっき、職人集団と日本人の同性愛の話をしたけど、ああいうつながりかたというのはわれわれはいまだに持っている。

松岡　そうですよ。あんな芝居、社員旅行の余興の世界ですよね。今は女子社員が入っているから違うかもしれないけど。

河合　いや、ありますよ。うっかりしたらロバと結婚するやつが出てきて……（笑）。

この作品のすごいのは、平気でポンと違うものを持ってきていること。だからものすごくシュールな感じがします。

松岡　亡霊、幻影が出てくる芝居は結構あるんです。でもそれは出てきても、夢落ちだったりするんですよ。たとえば『ヘンリー八世』なんかは、エリザベス一世のお父さんの世界ですから、いわばシェイクスピアにとってはほとんど現代劇ですよね。その中にも、ヘンリー八世に離婚されるキャサリン王妃が、今際《いまわ》の際《きわ》に幻影を見るんです。それは聖霊という形で出てきますけれど、でも実は夢だったのよねという夢落ち。人間の頭の中から出てきたのが、またヒューッと頭の中におさまってしまう。ところがこの『夏の夜の夢』はそうではなくて、誰かが見た夢とか、そんなものではないですね。

河合　実際の夢というのははるかに複雑なんです。みんな頭で理解して勝手に夢を作る。だから、普通に話に出てくる夢はあまりにも了解可能なのが多い。亡霊にしても、恨んでいるから出てくる。ほんまに出てくるやつは、そんな単純なものじゃないわけです。しようもないやつが出てくる。

松岡　私、今でも忘れられないんですけど、ある時、ピーター・ラビットの舞台みたいなところを自転車に乗って走ってて、背中に私の娘がダッコちゃんみたいにしがみついててね、あるところまで来ると、木の下にクマの一家がいるんです。でも、それは実はクマのぬいぐるみを着た人間だということをなぜか私は知っているんですね。

それで私が娘に、「あっ、あれはね、今の流行《はや》りなのよ」かなんか言ってね、ぱーっと通り過ぎるという夢なんです。なんでこんな夢を私は見たんだろうと思って……。

河合　いや、ほんとにそうなんです。普通、頭で考えるのは意識的に考えた辻褄《つじつま》合わせだから、みんな分かる。それこそ下手な小説に出てくる夢はみんなそうですね。あれはつくり夢です。この作品全体が夢という意味はぜんぜん違いますよ。こっちの方が本当の夢に近いんです。僕は実はシェイクスピアが見た夢が関係しているんじゃないかと思っていますけどね。

　私たちの日常はこんなものなんですよ。これが一番よく表してます。一生懸命になって恋愛してるつもりだけど、実は全部やらされている、とか。

松岡　それに、やっぱりちゃんと現実を見たら怖い。それこそロバと寝るっていう話も、リアルに考えたらめちゃくちゃ怖いですよね。

河合　怖いです。だから、演じるにしても、バレエにしたり歌劇にしたりして、ちょっとはずす方がやりやすいんじゃないですかね。

松岡　そうですね。

河合　やはりシェイクスピアは天才なんですね。いわゆる筋を考えて作ったら、五幕は出てこない。

松岡　本当にそうだと思いますね。あの五幕が生きている。ところが実際の上演では、あの劇中劇をよっぽど上手にやらないと……。

河合　だからこれね、演出するのむずかしいと思いますよ。

松岡　つまり話はそこで終わってるわけですから、よっぽど面白く劇中劇をやってもらわないと、余計なものを見せられたっていう感じになってしまいますものね。

河合　そうですね。さっきおっしゃったように、本当の当時の劇団の状況が入っていたら、その当時の人はものすごく面白がったと思いますよ。

松岡　蜷川幸雄さん演出の『夏の夜の夢』[*2]は、イギリスでも大うけだったんです。劇中劇の所なんか、全部、日本流にやった。ライオンは唐草模様の獅子舞《ししまい》でやったし、ヒロインもあんみつ姫みたいな装束でやり、それでいて、ボトム演じるピラマスだけはちょっと洋風のかつら、肖像画のシェイクスピアそっくりのかつらをつけてやった。最初に職人たちが芝居の相談をする所は、それこそ日本の職人の集まりみたいに、大工さんのような前掛けをつけて、中華料理を炒《いた》めながら、食べながらのシーンで、いきなりガスコンロがついて、ゴマ油でチャーッとやり出したもんだから、劇場中にいい匂《にお》いがして、大うけでしたね。

河合　それを考える人もすごい。

松岡　それがあったから、むずかしい第五幕の劇中劇が、わあーっと盛り上がって、正しい『夏の夜の夢』でした。

あの時の蜷川さんの演出した妖精の出方が面白かった。妖精がみんな地中から出てくるんです。ヨーロッパの妖精って、みんなふわふわと空中を飛ぶイメージで、ピーター・ブルックの妖精も、ブランコに乗って出てくるんです。ですから、地に足がついていない。それを地下から出してきた。その地の霊というのも、やはり地中に霊があるという、われわれの持っているアニミズムで『夏の夜の夢』という世界を解釈したんだと思います。パックも複数にして、それこそどこにでも遍在できるものとして、ぱっと一度に五人が出てきたり、下から出てきて、消えたと思ったら、別なところから出てきたりという風で、面白かった。

河合　なるほどね。もっともっと変幻自在に考えていいんですよ。

＊1　ピーター・ブルック（一九二五〜）　ロンドン生まれの演出家。オックスフォード大学在学中から演出を手がけ、一九四六年にはストラットフォードのシェイクスピア記念劇場（現ロイヤル・シェイクスピア劇場）の史上最年少の演出家となる。サーカスの発想による『夏の夜の夢』（一九七〇）はシェイクス

ピア劇上演に革命をもたらした。〈M〉

＊2　蜷川幸雄さん演出の『夏の夜の夢』　一九九四年、東京・森下のベニサンピットで初演。京都・龍安寺《りょうあんじ》の石庭を模した舞台装置、京劇俳優と日本人の俳優とに動きと台詞を分けたパック、白石加代子のパワフルなティターニアなど、数々の点で強い残像を残す舞台。蜷川にとっては初のシェイクスピア喜劇だった。イギリスのプリマスやロンドンでも上演された。〈M〉

十二夜

〝憂《うれ》い顔の喜劇〟の面白さ

『十二夜』の主人公ヴァイオラはチャーミングな人物だ。男装し、小姓シザーリオとしてイリリア領主のオーシーノ公爵《こうしゃく》に仕えると、三日と経《た》たないうちに主人の寵愛《ちょうあい》を一人占めにしてしまう。それぱかりか、オーシーノが想《おも》いを寄せる伯爵家の若き女当主オリヴィアの心まで奪ってしまう。だが、劇の登場人物と私たち観客を魅了するのは、素の、女のままのヴァイオラではなくて、男・シザーリオの「演技」をするヴァイオラなのだ（彼女が「ヴァイオラ」と呼ばれるのは最終場面だけで、しかも三度だけだ）。ここに演劇あるいは演技というものの本質的な魅力が見て取れる。

彼女は道化フェステを相手に当意即妙の反応をする。頭の回転がよく、元気のいい人物だ。しかし「行動」となるとどうだろう。

彼女が劇を動かす唯一《ゆいいつ》にして最大の「行動」は変装である。そして、「あとのことは時の手に委《ゆだ》ねる」。頭や心の動きの活発さ、生きの良さとは裏腹に、彼女の態度を特徴づけているのは諦念《ていねん》である。ヴァイオラは自分を客観的に見て笑う力をそなえているが、その能力と諦念もまた表裏一体。

もつれにもつれた関係を解きほぐすのはセバスチャンの登場である。ヴァイオラが願ったとおり、これは「時」のしわざだ。

この芝居で最も心を動かされるのは、セバスチャンとヴァイオラが巡り合う場面だ。それぞれが相手は海で溺《おぼ》れ死んだと思っていたのだから、ヴァイオラにとってのセバスチャンの出現、セバスチャンにとってのヴァイオラの出現は、死者の蘇《よみがえ》りに等しい。

当の二人にとってのこの歓喜の瞬間は、だが、周囲の者たちにしてみればめまいのしそうな驚愕《きょうがく》そのもの。オーシーノ公爵の「一つの顔、一つの声、一つの服、だが別々の二人！」という台詞《せりふ》は、人々の驚きを代弁している。この台詞の中のoneという言葉には「同じ」という意味もある。従って、厳密に言えば「同一の顔、同一の声、同一の服、だが人は二人」。数行後に、セバスチャンを救ったアントーニオは「一つのリンゴを二つに割っても、この二人はどそっくりじゃない」と言う。

幕切れではヴァイオラとオーシーノ、オリヴィアとセバスチャンの二組の結婚が決まり、近々式を挙げようということになる。ヴァイオラはやがて元どおり女の服を着てオーシーノの奥方に。つまり、ヴァイオラとセバスチャンは、顔と声は「同一」だが「服」は別々な「二人」になるわけだ。

男装の服が不要になると同時にシザーリオもいなくなるだろう。女であり男でもあったシザーリオには、性徴期直前の「間《あわい》」の魅力がある。彼女は恋をして、男の扮装《ふんそう》を捨てて女になっていく。

河合さんもこの劇を「ヴァイオラの成長物語」と読んでおられる。

そもそも『十二夜』は、喪失の哀《かな》しみと獲得の歓《よろこ》びが表裏一体になった喜劇だ。めでたく結ばれる男女が幸福にひたっている裏で、執事のマルヴォーリオや間抜けな騎士のサー・アンドルーらは苦い敗北感を味わっているはず。観客にとっては、シザーリオという魅力ある存在もやがて喪《うしな》われるという予感が、密《ひそ》かで柔らかな哀しみを感じさせるのだ。

（松岡和子）

憂い顔の喜劇

松岡　シェイクスピアが『十二夜』を書いたのはおそらく、『ハムレット』とほぼ同時期だと言われています。『ハムレット』の前か後かというズレはあるんですけど。ですから、たとえば『夏の夜の夢』や『間違いの喜劇』なんかは、言いかたは乱暴ですけど、能天気な喜劇ですよね。でも、この作品は、ハッピーじゃない人たちをもシッカリと書いている。陰りのある喜劇なので、私は勝手に〝憂い顔の喜劇〟なんてちょっとキザな言いかたをしているんですけど、そういう悲劇の気配を感じさせるという意味で、シェイクスピアの作品系列の中でも、独特な位置にある。ハッピーなエンディングですけど……。

河合　単純な喜劇ではない。それについて、ぜひお聞きしたいと思ってたんですけど、たとえば、みんなが好きな歌劇なんかは、ハッピー、ハッピーで終わるじゃないですか。結婚するカップルが二組も三組もできて。ああいうものは、この時代にもうあったんですか。

松岡　喜劇でですか？

河合　ええ、喜劇で。もちろん歌劇そのものは、もっと後の時代の産物ですけどね。たとえば、ボーマルシェの『セビリアの理髪師』なんていうのは、もっと後の時代ですよね。

松岡　もっと後です。十八世紀ですものね。

河合　だから、この時代は一般的にどうなっていたのかと思いまして。

松岡　ほかの国の芝居はどうだか分かりませんが、シェイクスピアと同時代のイギリスの作家の喜劇を私が読んだ限りでは、やはり結婚でハッピーに終わる感じですね。ただ、この時期にトラジコメディというのが流行したんです。悲喜劇ですね。悲劇スレスレまで行くんだけど、そこからヒューーッと回避して、結局万事丸く収まってメデタシメデタシとなる。シェイクスピア自身も、トラジコメディの流行と、自分自身の人生経験のある円熟期とが重なったんだと思うんですけど、殺しがあり死者の出る喜劇、後期のロマンス劇へと移行して行きます。その前に、この『十二夜』が位置しているんですね。ですから私、そういう意味でひとつお聞きしたかったのは、人間、根アカとか根クラという風に、割合簡単に二分されますよね。それまでパーッと明るかった人間が、何がキッカケか分からないけど、ある時期から何かが見えてしまって、作風から何からがガラッと変わってしまう。クリエイティブな人間に限らず、人間の性格とか全体的な気分が、年齢を重ねるうちに変わって行くというのは、よくあることなんでしょうか。

河合　それは、人にもよりますね。わりに変わらない人と、中年を境にしてグッと変わる人とがあります。まっ、根クラ、根アカという分類自体単純すぎますけど、創造的な人は何度も変わることが多いようですね。

松岡　この『十二夜』は、ロマンチック・コメディ、本当にハッピーなコメディの、最後の作品だと言われているんですね。この後は、『尺には尺を』とか、「人死に」のある喜劇、ニガくて暗い、人間の嫌な世界へと入って行くんですけど、これは、陰りはあっても、人間を否定的に見るギリギリの手前でとどまっているというか……。

河合　むしろ、読みようによっては、楽しさを浮き立たせるための、背景として使われているようにも読めますね。松岡さんのご著書の中でとても面白かったのは、シザーリオが消えてしまう、というくだりでした。

「人死に」のある喜劇

松岡　あれは、読んでいただけでは気がつかないことですね。野田秀樹さんの舞台で*、シザーリオのダミー、シザーリオの衣装を着せたカカシみたいなのがフィナーレに出てきて、それを見た時に、「あっ、シザーリオはもういないんだ！」と気づかされた。もちろんやがて「いなくなる」ことは分かってるんですけど、視覚的に見ると、やはり衝撃的ですよね。河合さんが『とりかへばや、男と女』で書いていらっしゃるように、シザーリオにはトリックスターとしての魅力と、女であって男であってという不思議な状態、あるいは性徴期直前の、男に転ぶか女に転ぶか分からない時期の、一瞬のカゲロウのようなものの魅力がある。

河合　そういう時期に「自殺者」が出るんです。シザーリオが死ぬわけですから。十三、四歳の女性が、原因不明で死ぬ場合があるでしょ。シザーリオの、死ぬ方が現れて、生きる方の女がいない状態。そんな状態になるくらいなら、シザーリオのまま死んでいこうということなんです。別の言いかたをすれば、人間が幸福になるためには、誰かが死ななければならない。それを、どのように死んで行くか。外側から見れば喜劇であり、人がハッピーになる話ですけど、ハッピーなことが起こるというのは、なかなか大変なことなんだということが分かります。

松岡　そうすると、さっきトラジコメディの所で「人死に」のある喜劇と言いましたが、ある意味ではこれも人知れずシザーリオが死ぬ「人死に」のある喜劇なんですね。と言っても、具体的に誰かが息絶える話じゃないから、ハッピーな空気は壊れないいんでしょうけど。

河合　そこが、うまい所だと思います。

松岡　うまいですねえ。

河合　そういう風に見ることもできるし、単純に楽しんで帰ってもいいわけですから。シェイクスピアは、この前に『間違いの喜劇』とかを作っているわけですから、ここではそういう意図があったのかもしれませんね。それと、マルヴォーリオがヴァイオラを「色づく前の青リンゴ」と言うところ、あの辺の記述はとてもうまいですね。

松岡　翻訳していて、とても楽しかった所です。

河合　あれくらいの年齢の女性というのは、本当に可愛《かわい》らしいというか、きれいに見える時と、途方もなく不器用で、歩くのさえままならないような感じの時とがありますよね。

松岡　私自身、思い出します、そのころのこと。自分がすごくうっとうしいんです。もう、うっとうしいという言いかたがピッタリ。女になって行くというのがものすごくいやな時と、何かそれに対して期待を抱く時とがあって……。

河合　だから、シザーリオのままでいると、死ぬしかしようがないんです。そういう子って、きっといると思いますよ。あるいは、もうひとつのタイプは、かぐや姫のように天に昇ってしまうか。まああれも、自殺みたいなものですが。

松岡　それと、よく言われることですけど、この作品には、自分が何者なのか分からない人ばかりが出て来る。アイデンティティという言葉で言ってもいいんですけど、自分が分かる自分に自分を閉じ込めちゃうんですね。その典型がオリヴィアで、「お兄さんに死なれたので、喪に服す私」と決めちゃって、恋もしない、何もしない、と決心してしまう。ヴァイオラもやはりそうで、「お兄さんが死んじゃったので、悲しむ妹」という閉じ込めかたをしている。でも、彼女の場合は、変装してシザーリオになることで、図らずも脱出口を見つけるので、オリヴィアほど窮屈ではないんですけど。

＊野田秀樹さんの舞台　一九八六年、『野田秀樹の十二夜』というタイトルで日比谷・日生劇場にて上演。原作は大胆に「野田化」され、ヴァイオラとセバスチャンの二役を大地真央が演じた。シザーリオにはアンドロギュヌス（両性

具有）のイメージが重なっていた。野田秀樹は一九五五年生まれの劇作家・演出家・俳優。七六年結成の劇団夢の遊眠社を九二年に解散。九三年、企画製作会社NODA・MAP設立。〈M〉

モーツァルト的喜劇

河合　ヴァイオラが男装する所、面白いですね。何の因果関係もなく、パッと「男装する」と言うでしょ。あれは、演劇だからやりやすいけれど、小説だったらむずかしいと思いますね。小説でこういう風に書くと、「ご都合主義」と言われてしまいますよね。

松岡　ホントにそうですよ。シェイクスピアは「ご都合主義大王」ですからね（笑）。

河合　ところがそれは、ご都合主義ではないんですね。頭で考えるとご都合主義だけど、自然な流れで行くとこちらの方が普通なんですね。だから作品が、今日まで生き残っている。

松岡　変に理屈をつけると、理に落ちてしまって、それだけのことになってしまいますからね。

河合　時代が新しくなるほど、みんな理に落ちるから、面白くなくなると思うんです。だいたい人生自体が、理に落ちないでしょ。

松岡　それで行けば、最後に「セバスチャンでしたよ」と言うと、誰もセバスチャンの性格とかを問題にしないで、「顔が一緒ならいいわ」という感じでオリヴィアなんか結婚しちゃうでしょ。それこそ、「えっ、いいの？　ちょっと待ってよ」と言いたくなってしまう（笑）。

河合　オーシーノもそうですよね。ヴァイオラが女だと分かると、平気でさっさと結婚するでしょ。ご都合主義みたいだけれど、実際の人生は、そちらの方が本当かもしれないと思いますよ。みんな、理由は後からつけているわけでしょ。

松岡　何かそれこそ、近代的自我とか、近代の、何でも理屈で説明しないと気が済まないという考えかたで見れば、メチャクチャな話ですけど。

河合　その時に、単なるご都合主義で作った演劇は、消えてしまうんですね。そうでないものは、こういう風に残るんじゃないですか。そこがすごく面白いですね。シェイクスピアに似たような劇を作った人は、他にもいるわけでしょ。

松岡　ええ、います。

河合　しかし、そんなに残らない。モーツァルトにしてもそうですよね。モーツァルトに似たような音楽を作って、もっと華やかにやっていた人はいるけど、残らない。モーツァルトの音楽も、ご都合主義の最たるものですけどね（笑）。だから、「ご都合主義」と言って非難するのはむしろ、近代人の病ですね。

松岡　そうですね。だから、この作品には「病んでいない健やかさ」というものがあって、本当に気持ちいいですよね。それから今、モーツァルトと言われましたが、『十二夜』はシェイクスピア作品の中でも、一番モーツァルト的だと言われているんです。

河合　ハー、そうですか。

松岡　だから、さすが河合さん、見事に本質を言い当てられたなと思うんですけど。それこそ、ポリフォニックというか、多声的で、ある種悲しみのトーンがあるというか……。小林秀雄がモーツァルトの音楽を「悲しみが疾走している」と言いましたが、悲しみと喜びとがいつも表裏一体であるのが、この劇ですから……。

河合　空を飛んでいますよ、この劇は。そこが、とても気持ちがいい。それから、面白いなと思ったのは、オーシーノとヴァイオラ、セバスチャンとオリヴィアという二組のカップルができてメデタシメデタシとなるんですが、この結婚に外から邪魔をする悪者がいて、その悪者がどうなったか、という話ではないんですね。重要な役割を演じるマルヴォーリオやサー・トービー・ベルチがいなくても、四人だけの話として完結することができる。四人の中に一人男装した人がいたために、ゴチャゴチャしながら、それが解けた所でスッと解決するという、四人だけの話としてできるくらいです。考えてみれば、マルヴォーリオたちの話は、別の話と言ってもいいくらいで、それがパラレルに進んでいるところが、面白い構造だと思いました。普通、喜劇の一番分かりやすい形といえば、結婚したい若い男女がいて、それを年寄りとかが邪魔をしていたのが、やがて解決する、といったパターンですよね。ところがこれは、そうじゃない。

松岡　それもまた、この喜劇の気持ちのいい点なんです。それぞれが報われない片思いをしながらも、誰かに嫉妬《しっと》するとか、誰かを陥《おとし》いれるというような人間が、一人も出て来ない。

河合　それぞれがきれいに、円環的に片思いをしていますよね（笑）。

松岡　考えてみれば、マルヴォーリオだってお姫様に片思いしていますし、サー・アンドルーも何か夢見てしまっていて、お姫様に片思いをしている。セバスチャンを助けたアントーニオだって、これは男同士ですけど、これも恋愛といっていいと思います。「ラブ」と言っていますから。みんな片思い、どっちを向いても片思いというのが、この作品の特徴だと思います。それから、みんなすっきりと単身者で、それぞれが勝手に妄想の中で恋をしている。
河合　大人の分別を語る人物が出て来ませんよね。だいたいそれがいるんですけど。
松岡　そうなんです。一番大人であるはずの執事のマルヴォーリオが、一番イカれてますしね（笑）。いい歳《とし》をしたおじさんのサー・トービー・ベルチが、逆に姪《めい》に叱《しか》られている。長幼の序とか、そういうものが逆転している面白さがあって、いい歳をした人ほど恋愛に熱中している。
河合　そんな中で、恋のサヤ当てとか、嫉妬といったものが出て来ない。みんな思い思いに動いている中で、結局、ヴァイオラの男性・女性ということが明らかになった時に、全部が解決する。
松岡　両性具有として中間にいたシザーリオが消えて、男と女に別れるという構造ですよね。河合さんが書いてらっしゃるように「物事を分けるというのは、人間の意識の特徴であり、それによって人間の意識は発展して行く」＊ということがそのまま当てはまる結末で、この劇世界そのものが、初めは子供で、否応《いやおう》なしに大人になって行く、という感じもします。
河合　主人公を選べといわれたら、私流の読みかたでは、ヴァイオラの成長物語ということになります。成長するということ、思春期を越えて大人になるということが、いかに悲しいことかということが分かりますね。

＊物事を分ける　区別することは人間の意識のはじまりである。天地創造の神話に、天と地、光と闇《やみ》などの分離が語られるのは、このためである。区別、分類は自然科学のはじまりである。〈K〉

トリックスター

松岡　あとこれは、『とりかへばや』について河合さんが言ってらっしゃることですが、「中世の男女間の交際も、男が女を訪ねて行くという形式は、厳重に守られている。もっとも、自分の意志表示である和歌を、女性の方から先に男性に渡すことはある。男性主導のようであるけれども、女性も拒否権を持っていたし」というような、これがやはり、シェイクスピアの喜劇の男女関係に当てはまると思うんです。特にこの間、『夏の夜の夢』でお話を伺った時に、プロットをプロモートしているのは全部男性だけれど、それも、女性のノーがなかったら始まらない、とおっしゃいましたでしょ。まさに、女性に拒否権があるということが大きいし、この場合はそこまで行っていないんですけど、オリヴィアという女性の積極性が、とても劇を動かしていますよね。シザーリオに会って、積極的に物をあげたり、告白したり、「若い人にはプレゼント作戦が一番だわ」なんて独白で言ったり、そういう所って、「女性とはこういうもの」という通念から外れる気持ち良さというか、特に女の方から読むと面白いと思うんですよね。

河合　そもそもオーシーノに絶対的なノーを言う所から話が始まっていて、そのノーはすごく厳しいノーであることが、何度も出て来ますよね。その代わり、新たに来た男性を好きになる。

松岡　このオリヴィアも、本当に面白いなあと思うんですよね、女性として……。あと、オリヴィア邸とオーシーノ邸という、ふたつの場面がありますよね。それぞれで話が展開して行くんですけど、両方の世界に出入りするのは、ヴァイオラなんです。これもまた、河合さんが『とりかへばや、男と女』でおっしゃっている、トリックスターの自在さですよね。

河合　道化はどうでしたか。

松岡　道化のフェステも両方です。道化という存在そのものが、トリックスターですよね。秩序の転倒者ですし。

河合　だから、道化というのは職業的なトリックスターですけど、ヴァイオラの方は、本質的トリックスターというか、道化役を演じているのではないのに、話を完全にプロモートして行く。そこが面白いですね。

松岡　二人が出会って、おしゃべりをする所がありますよね。片方はプロのトリックスターで、片方はアマなんだけれど、やってることはプロも顔負けという、あの二人が称賛し合うじゃないですか。トリックスターという観点から見ると、あの場面がとても意味を持って、面白いなと思ったんです。そういう意味でも、『とりかへばや、男と女』は、『十二夜』の参考書として読んでいただきたいと思うんですけど。

河合　僕の方は、『とりかへばや』を読んでいるうちに、参考書として『十二夜』を読んだんですけど……。

それから、女の人が男装をするというのは、すごく魅力がありますね。「男装の姫君」というのは、小説でもそうですが、すごく大事なテーマですね。その一方で、「女装のプリンス」ってありますか？

松岡　ん……すぐには思いつかないですねえ。

河合　だから、男装の姫君はみんなにイマジネーションをかき立てますが、女装のプリンスというのは、イマジネーションをかき立てないんですね。これも面白い点ですね。

松岡　それから、『とりかへばや、男と女』を将来もし加筆なさることがあったら、『リボンの騎士』をぜひ入れていただきたいと思います。手塚治虫《おさむ》の。これは、私の少女期にとってかなり決定的です。まさに、男の子として育てられて、実は女の子なんです。

河合　はー、そうですか。僕は漫画をあまり読まないから……。

松岡　きっとご興味をお持ちになると思います。これは傑作。で、イギリスでも今は、女の役は女優さんがやるようになりましたが、シェイクスピアのころは少年俳優がやっていて、その魅力はとても大きかっただろうと思うんです。特にこの作品の場合、少年俳優が女の役をやっていて、それが男の子に変装するという、二重の扮装《ふんそう》になっているわけですから。危ない言いかたをすれば、とても倒錯的な魅力があったと思いますし……。私も綿密に調べているわけではないですが、実際に、女性が男装をしたというのは、かなりあるらしいですね。

河合　ジョルジュ・サンドとか。

松岡　いえ、あそこに至るまでに、イギリスでも。特に昔は、女の旅は危ないから、男の扮装をして行くというのは、結構あったようですし。これはちょっと話が離れますが、王政復古になってから、女優が登場するんですよ、イギリスでも。それで、どういうものが人気があったかというと、結構記録が残っていて、ごく初期、最初に女優が登場した芝居というのは、ひとつは『オセロー』。もうひとつ人気があったのは、こういう半ズボンをはいて男に変装する役。結局、正々堂々と寝室での女性のあられもない姿が見られるという、ちょっとポルノ的な興味で『オセロー』が人気があったし、もうひとつの方は、半ズボンで女性の体の線がよく見えるわけですから、そういう点で人気があったみたいです。皮肉なもので、少年俳優がやっていたものを女優がやるようになった時、そういう転換が引力になったようなんです。

河合　そうですね。

共通項としての片思い

松岡　あともうひとつ、読んでいてどうしても摑《つか》めないのが、オーシーノという役なんですが、これは、河合さんからご覧になって、どういう人間に見えますでしょうか。

河合　この人は影が薄いと思いますね。ヴァイオラの人生がとても大事で、それこそ光源氏と同じで、いないと話が成り立たないので、いさせてもらっているというか、あまり魅力的に思えなかったですね。だから、面白いのは、ヴァイオラであり、オリヴィアですね。

松岡　私は、学生時代からこの『十二夜』がとっても好きで、みんなで朗読する時でも「ヴァイオラ読ませて」なんて言ってたんですけど、翻訳する段になると、そのつどその人物になりますから、もちろんヴァイオラの台詞《せりふ》の翻訳も楽しかったんですが、自分でも意外だったのは、サー・トービーの台詞に乗っちゃって、乗っちゃって……。

河合　違う意味でのトリックスターというか、次元はやや低いですけど、面白いですね。

松岡　この人は、恋愛には関係なさそうですけど、破《わ》れ鍋《なべ》に綴《と》じ蓋《ふた》というか、マライアという、とても機転の利《き》く、頭のいい相手がいて……。それと、また戻りますけど、問題はやはりマルヴォーリオですよね。どうして、ここまで苛《いじ》められなければならないのかと思うんですけど。こういう治療法って、昔は……。

河合　（笑）治療法はないと思いますけど、何かやっぱり、この喜劇のアンチテーゼなんでしょうね。それが大きいと思います。先ほどモーツァルトの名前が出ましたが、全体がスーッと軽く進行する中で、一人だけ異質な存在になっている。ピューリタンと書いてありましたか。
松岡　似非《えせ》ピューリタン。
河合　似非ピューリタンで、「ちゃんとやるべきことはやりましょう」とか言いながら、恋文をもらうと途端にコロッと変わってしまう。一応表面は生真面目《きまじめ》な、そういう人間ですが、徹底的にやられてますねえ。
松岡　本当に。
河合　でも、もしこの劇をやるとしたら、僕はマルヴォーリオを一番やってみたいですね。
松岡　じゃ、私がヴァイオラをやって、河合さんがマルヴォーリオという配役で（笑）。マルヴォーリオは、少なくともイギリスでは、当代一の名優がやって来ているんです。
河合　俳優としては、本当にやりたくなる役でしょうね。そのマルヴォーリオに対する位置づけということもあって、トービーの方はやたらと酒を飲むんでしょうね。
松岡　そうですね。まあ、『十二夜』というタイトルとも関わってくるんですけど、要するにクリスマスの後の無礼講、何をやってもいいという状態がベースにあって、その無礼講、つまり十二夜を年中やっているのがトービーたちで、そのアンチがマルヴォーリオなんですね。さっきもおっしゃったように、それぞれがグループとして独立しているんだけど、共通項として片思いというモチーフがある。それが、とてもロマンチックに描かれている人たちもいれば、ほとんどファルスになってしまう場合もあり、軽い喜劇になっている人物もいる。そういう構造ですよね。

【対談の余白に】

ヴァイオラとルツィドール

河合隼雄

西洋における「男装の姫君」として、シェイクスピアの『十二夜』におけるヴァイオラ、ホフマンスタールの『ルツィドール』を取りあげてみよう。どちらも女性でありながら男装して登場するのである。

『十二夜』は有名だから、あまり詳しく物語を述べる必要もないであろう。セバスチャン（男）とヴァイオラ（女）は双子である。船が難破して別々に助かるが、どちらも一方は死んだものと思っている。ヴァイオラは男装して小姓となりシザーリオと名のって、オーシーノウ公爵《こうしゃく》に仕える。オーシーノウはオリヴィアを恋するが相手にされない、ところがヴァイオラはオーシーノウに心惹《ひ》かれるが、彼女が男と思っているオーシーノウはそんなことは露知らず、ヴァイオラ（つまり、シザーリオ）を恋の使いとしてオリヴィアのところに送ると、オリヴィアはシザーリオに一目ぼれしてしまうので、図1のⅠに示したような、片想《かたおも》いの円環構造ができあがる。つまり、オーシーノウ→オリヴィア→シザーリオ（ヴァイオラ）

↓オーシーノウ、という関係である。これは愛の悪循環ともいうべき形で、何とも身動きがとれない。

この堅固な悪循環を打ち破る「機械じかけの神」のように、死んだと思われていたセバスチャンが現われ、最終的には、図1のⅡに示したような、オーシーノウ↕ヴァイオラ、オリヴィア↕セバスチャンの愛の二組ができあがり、めでたしめでたしとなる。

この話を「男装の姫君」という主題から見ると、オーシーノウからオリヴィアへの一方的で不毛な恋愛関係に、ヴァイオラ＝シザーリオという男女一体の存在

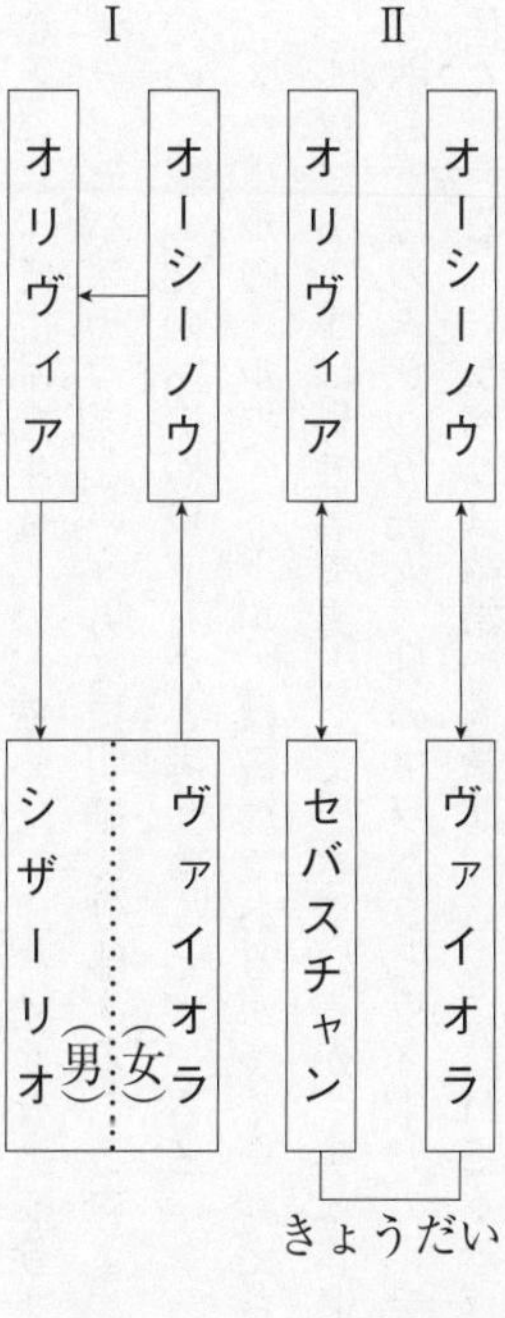

図1『十二夜』の人間関係

がからむことによって混乱を生ぜしめ、続いて、ヴァイオラ＝シザーリオの一体がヴァイオラ、セバスチャンという男女に明確に分離することによって、新しい秩序としての二組の愛のペアが成立したと考えることができる。

ホフマンスタールの『ルツィドール』は短篇であるが多くを考えさせられる作品である。ルツィドールは男性名で男として生きているが、実は本名はルツィーレで女性である。母のムシュカ夫人、姉のアラベラとウィーンのホテルのアパルトマンに住んでいる。アラベラは結婚の適齢期、そこに訪ねてくるヴラディーミルと結ばれることを、母親は経済的な面での思惑もあって願っている。ルツィドールは十四歳、内気で「大人になりつつある少女」として客間で役割を演じるのが嫌なので、男性として生きることを喜んでいる。

ところが、アラベラはだんだんヴラディーミルをうとましく思いはじめる。そして、ヴラディーミルとルツィドールは男同士の気安さで一緒に馬で遠出をしたりして、だんだん親しくなってゆく。そのうちルツィドールはヴラディーミルを恋するようになり、その燃えるような想いを恋文にしたため、アラベラの名で彼におくる。ルツィドールの筆跡はアラベラとそっくりなので、ヴラディーミルはすっかりそれにだまされてしまう。

ルツィドールは「アラベラの手紙」を託《たく》されてきたと言って、ヴラディーミルに手渡し、彼がそれを読んでいるときの表情を観察し、彼がアラベラへの愛について話すのに相槌《あいづち》を打ったりして、何とも言えぬ楽しさを味わう。手紙による愛は深まるが、ヴラディーミルは実際に会っているときのアラベラのよそよそしさには苦しむことになる。彼はとうとう焦《あせ》って、手紙でアラベラに夜の密会を哀願し、それは聞きとどけられ、真暗な部屋のなかで二人は結ばれる。もちろん、このアラベラは、男の子のように短い髪の毛を絹のスカーフで隠したルツィドール、つまり、ルツィーレその人であった。

ヴラディーミルはとうとう昼間のアラベラに求婚し、あっさりはねつけられて茫然《ぼうぜん》としているとき、ルツィドールがアラベラの衣装をまとい、絹のスカーフで髪をかくした姿でとびこんでくる。それこそ、「彼の友であり、親友でありながら、しかもそれと同時に彼の秘められた女友だちであり、彼の恋人であり、彼の妻であったその人」、ルツィーレだったのである。

男女の関係

『ルツィドール』はハッピー・エンドで終っているようだが、最後につけられたホフマンスタールの言葉が、われわれに多くのことを考えさせる。彼は言う。「ルツィドールがその後、本当にヴラディーミルの妻になったのか、あるいは昼のあいだも、別の国に行っても、彼女がかつて暗い夜にそれであったもの、すなわち彼の幸福な恋人であることだけにとどまっていたのだろうか、それについても、同様にここでは記さずにおきたい。

はたしてヴラディーミルはこれほどまでの献身をうけるに値する人物だったかどうかも、疑問であるとされるかも知れぬ。だがいずれにしても、こんな奇妙な事情でもなければ、ルツィーレのそれのように無条件に献身する完全なる魂は、おそらくあらわれることもなかったにちがいない。」

男装の姫君が活躍した『十二夜』のハッピー・エンドとは趣きを異にする終結であることを、ホフマンスタールは最後に明言する。『十二夜』の場合、オーシーノウとヴァイオラの結婚について、それがハッピーであることをわれわれは確信して、めでたしめでたしと思うのだが、『ルツィドール』の場合も、同様のめでたしめでたしと思いたがる読者に対して、著者は強力な「待った」をかけることによって話を終るのである。彼は「はたしてヴラディーミルはこれほどまでの献身をうけるに値する人物だったかどうかも、疑問であるとされるかも知れぬ。」と言う。いったいこれはどういうことなのだろう。

まず『十二夜』の方を見てみよう。既に述べたように、これはめでたしめでたしの喜劇である。オーシーノウを秘《ひそ》かに愛していたヴァイオラは最後に見事に彼と結ばれる。それではなぜこの劇の終りは、この二人の結婚のみではなく、オリヴィア・セバスチャンの組の結婚まで語られねばならないのか。これはおそらく、この劇全体を主人公のヴァイオラの心のなかのこととして考えてみると、女としてのヴァイオラの結婚を支えるものとして、彼女の隠された男性性（シザーリオ＝セバスチャン）も結婚することが必要なのではないだろうか。二人の結婚は内的には四人二組の結婚として成就《じょうじゅ》されるのではなかろうか。

ところで、この劇をそのように見ないときは、ヴァイオラという女性がその男性的な面を生きることによって、硬直していた世界が動き出すが、最後はヴァイオラは自分の男性的側面セバスチャンを明確に分離することによって結婚に至ることになる。そして、男らしい男と女らしい女との結婚が幸福と考えられる、という単純な結論になってくる。事実、そのような誤解に基づいて、男らしい男と女らしい女の結婚を幸福と考える誤解が長らく西洋の社会に続いていたのではなかろうか。それはあまりにも単純な考えである。

ホフマンスタールはそれに対して、ルツィーレという女性のヴラディーミルに対する愛を、ルツィドールという男性と（夜の、あるいは手紙の）アラベラという女性に分け、両者の愛の共存、つまり、男と男との友情や女と男との間の恋などすべてを含むときに、その愛が完成されることを言いたいのではなかろうか。従って、最後に、女としてのルツィーレと男としてのヴラディーミルの関係については留保したものの言い方しか出来ないのである。

男女の関係は思いの他に複雑である。それは二人の関係でありながら、二人であることをはるかにこえている。それを男らしい男と女らしい女の二人の関係に限定してしまうとハッピー・エンドかも知れないが、それは文字どおりの終りで、そこからは何も始まらないのである。『とりかへばや』の場合、結婚がハッピー・エンドになっていないことに気づかれるであろう。たとえば、右大将（姉君）と四の君の結婚はどう考えても幸福なものではなかった。しかし、考えてみるとそれは将来の幸福な結婚のためのはじまりではなかっただろうか。『とりかへばや』における男女関係については後に論じるが、本節においては、シェイクスピアやホフマンスタールの作品を通じて、男女の関係が、男らしい男と女らしい女の関係として単純に見られないことを知ったことにとどめておく。

（河合隼雄『とりかへばや、男と女』新潮社〈第三章　4男装の姫君〉より抜粋）

ハムレット

ハムレットの三十年の人生

中国のシェイクスピア協会設立を記念して、上海《シャンハイ》で国際シェイクスピア学会が開かれ、私もシンポジウムで発表した。一九九八年十月のことだ。第一日目のプログラムが終わってから、日本からの参加者数人と連れ立って、上海戯劇学院（日本の演劇大学に当たる）での『誰がハムレット王を殺したか』という芝居の稽古《けいこ》を見せてもらった。随所に京劇の動きを入れた簡素だがダイナミックな作品。出演者はみな若い学生で女性が一人、男性が六人ほどだったろうか。オムニバス風に「先王ハムレットは自殺した」「弟クローディアスが殺した（これは原作どおり）」「王妃ガートルードが殺した」「王子ハムレットが殺した」「先王はオフィーリアと駆け落ちして姿を消した（!）」という話が連なる。面白かったのは、擬人化された"to be"と"not to be"がマントを着てハムレットの左右に立ち、彼に向かってああだこうだ（中国語が分からない私には、こうしか言えない）と言うシークエンス。ハムレットが「引き裂かれた」人物であることが目に見えるという次第。

父王の突然の死、母と叔父との早すぎる再婚、叔父の戴冠《たいかん》。ハムレットの悩みは深い。親友ホレイショーから先王の亡霊とおぼしきものを見たと聞かされ、彼は翌日の晩亡霊と対面する。亡霊は、自分は父の霊だと言い、弟に毒殺された様を語り、息子に復讐《ふくしゅう》を命じる。王子は狂気を装《よそお》い、その機会を狙《ねら》うものの、亡霊が果たして本当に父の霊なのか悪魔の化身なのか確信が持てない。早くも彼は「引き裂かれる」。

一方息子のレアティーズをフランス遊学に出したばかりの重臣ポローニアスは、王子の狂気の因《もと》が娘オフィーリアへの恋だと主張し、彼女を囮《おとり》にして王と共にハムレットの様子を窺《うかが》う。ハムレットは監視されていることに気づく。母にも恋人にも裏切られたと感じる彼の女性不信は頂点に達する。

折りしも旅役者が城を訪れ、ハムレットは亡霊の話の真偽を確かめるため、父王殺害そっくりの場を盛り込んだ芝居を上演させる。逆上するクローディアス。母ガートルードは、息子を寝室に呼んで諫《いさ》めようとするが、ハムレットは、立ち聞きしていたポローニアスを王と間違えて殺してしまう。この「寝室の場」のハムレットは母への愛憎に引き裂かれている。

ガートルードからポローニアス殺害の一部始終を聞いて身の危険を感じた王は、

ハムレットをイギリスへ送り出す。同行するのは学友のローゼンクランツとギルデンスターン。王は彼らにイギリス王宛《あ》ての親書を持たせる。中にはハムレットの首を刎《は》ねろという命令が書いてある。だがハムレットは謀略の裏をかき、帰国。そこで彼が目にするのは、狂った挙げ句溺死《できし》したオフィーリアの葬儀だ。王は復讐に燃えるレアティーズをなだめ、ハムレット相手に剣の試合をさせて彼を亡《な》き者にしようと謀《はか》る。毒を塗った剣と毒入りワインが用意される。だがワインは王妃の命を奪い、剣はハムレットとレアティーズ双方を傷つける。ハムレットは叔父を刺し殺して復讐を遂げるが、全身に回った毒のため息を引き取る。デンマークをノルウェイ王子フォーティンブラスに託し、死後に汚名が残らないよう「俺のことを語り伝えてくれ」とホレイショーに言い残して。

多面性の極みのハムレット。この対談では、彼がいかに「引き裂かれた人物」であるかも語られるはずだ。

（松岡和子）

なぜなしに死ぬ
松岡　今まではいつも私が口火を切っていましたけれど、『ハムレット』となると何から始めたらいいか、ちょっとお手上げですね。
河合　たしかにお手上げですね。あまりにも凄《すさ》まじい……。こういう全員が死ぬ話を考えたシェイクスピアはすごいエネルギーの持ち主でしょうね。
松岡　実は、私、弟を白血病で亡くしているんですが、彼が亡くなった直後に、パルコ劇場で江守徹《とおる》さんが主演なさった『ハムレット』を観《み》たんですね。その時こんなに人が死ぬ話なのかとあらためて気づいて、ハムレットの世界がとても身近に感じられました。
河合　ハムレットは初めからまっしぐらに死の世界に向かって行く主人公ですね。まわりもほとんど全員死ぬ。その中で、ホレイショーは非常に大事な役だと思いました。最初から最後まで見届け、それを語る役目、言ってみればシェイクスピア自身ですよ。そして、つねに真相を知っている。ハムレットもホレイショーには本当のことを言っています。そういう人物を一人立てておいて、あとは皆、松岡さんが言ってらしたように、演技している。自分を生きていない。ホレイショーだけが自分自身であり続けて、生き残るんですね。

松岡　『ハムレット』の原話はサクソ・グラマティクス*という人の書いた歴史物語なんですが、その中にはホレイショーにあたる人物は出てきません。かろうじてレアティーズにあたる人間はいるんですけれども。ホレイショーはシェイクスピアの創作ですね。

河合　こういう役割の人がいないと、観客が困るんじゃないかと思ったんでしょう。

松岡　そうですね。「まっしぐら」で思い出したんですけれども、ハムレットは迷う人間だとよく言われていますよね。行動に出られなくて迷う人間だと。でも、「死」へ向かって真《ま》っ直《す》ぐに行動していった人間とも読めるわけですね。

河合　私にはそう読めますね。復讐の仕方とか、母親やオフィーリアにどう対応するかとか、ある程度迷いはあったろうと思いますが、初めから、死の世界にスーッと真っ直ぐ歩いて行く点ではほとんど迷いがない。実際にこういう人はいますね……。

松岡　止められないのですか。

河合　ううん……、止めようがないような……。それこそなんのために生きているんだっていう疑問が出てくる。私は「なぜなしに生きる」というマイスター・エックハルトの言葉が好きなんです。生きるのに「なぜ」なんてないんですよ。生きていること自体がものすごいんであって、何かをするために生きているっていうのは、ちょっと偽物《にせもの》めいている。

松岡　生きること自体がたいへんなことなんですね。

河合　ハムレットは、「なぜなしに死ぬ」方ですね。もちろん、有名なあの〝to be or not to be〟の台詞《せりふ》はありますが。

＊『ハムレット』の原話　デンマークの歴史家・詩人サクソ・グラマティクスが十二世紀末に書いた『デンマーク史』の中にハムレット（アムレス）の話がある。シェイクスピアは登場人物やプロットの多くをこれに負っている。〈M〉

三十歳の男

松岡　『ロミオとジュリエット』についてお話をうかがった時に〝ジュリエットが二週間ちょっとで十四歳の誕生日という年齢である意味を話してくださいましたけれど、

実はシェイクスピアの三十七本の作品の中で、年齢が明示されている登場人物って非常に少ないんです。その数少ない例が、ジュリエットが十四歳未満で、リア王が八十歳を超えていること、それからハムレットの三十歳なんですよ。ですから今日はその「三十の男」の意味をうかがってみたいんですけれど。

河合　当時としては、ハムレットは三十には思えないところがありますね。二十代前半みたいな言動があるでしょう。でも三十歳だと言われたら、なるほどと思うところもある。

松岡　三十歳の危機はあるんですか。

河合　中年の危機*ですね。日本人は成長が遅いし、とくに最近は遅くなっているから、今だと、四十くらいでしょうか。

松岡　昔の話になりますけれども、「ハムレットの劇中での時間経過」というテーマで話をしたことがあるんです。最初はお父さんが死んで、お母さんがすぐ再婚したのをいやだいやだって駄々をこねる少年のような印象を与える。しかも三十歳という年齢が明らかになるのは、幕切れに近い墓掘りの場面なんです。それまでは何歳なのか分からない。劇そのものは数カ月間の出来事ですが、ハムレット自身は少年から三十歳までの時間を、この劇の中で生きたと考えてもよいのではないかと、話をした記憶があります。
河合　おっしゃるとおりです。だから、ハムレットの死はいわゆる青年の死ではない。青年の死は、激情に駆られてパッと死んでしまう。あるいは、ええい、こん畜生と死んでしまう。でも、ハムレットはずんずん死に向かって歩いていって、いわば成長して死ぬ。だから止めようがないんです。若くして死んでも人生を生ききる人はたくさんいるでしょう。八十まで生きてもあんまり、という人もいるし、十五歳で死んでも完璧《かんぺき》という人はいる。一生の密度という考えかたをしたら、ハムレットの三十年の人生は濃密ですね。
松岡　リア王の場合は七十八、九歳位まではぽけっとただの王様で生きてきて、最後の一年にも満たない間で一生分考えたわけですね。
河合　最後の三日で充実する人だっていると思うし、死ぬ瞬間に充実する人だっているでしょう。ハムレットは三十年で人生が完結するように書かれていると思いますね。そして、何が起きたかを語ってくれと、ホレイショーに頼む……。
松岡　ホレイショーのポジションは面白いですね。彼のようにとてもストイックな人間と、一方にレアティーズやフォーティンブラスのように、直情径行で、すぐに行動に走る人間がいて、その中間にハムレットがいる。ハムレットは両方に惹《ひ》かれているんですね。この劇世界全体の展開の上でも、ホレイショーは、いわばおへそみたいな立場。ハムレットという人間を考えた時でも、ホレイショーがいて、一方にレアティーズ、フォーティンブラスがいるのがすごく大事になってくる。人は自分のあり得べき像、つまりモデルを持っていなければならない。ハムレットはモデルとして見る人間が両極にあるせいで、すでに分裂を運命づけられているというのかしら、そんな感じがします。

＊中年の危機　中年は人生の安定期と思われていたが、一九六〇年ごろより、中年に危機のあることが強調されるようになった。若さにまかせて生きていた態度を、「死に向う」方にシフトさせる必要があるからである。〈K〉

分裂を運命づけられて

河合　だいたいハムレットはお父さんを二人持っている。それだけで、すごい分裂です。血の繋《つな》がったお父さんはある意味で立派だけど、馬鹿《ばか》なやつですよね、寝ている間に殺されるわけだから。耳に栓くらいしておけばいいのにね（笑）。

そういう父親と、そこにつけこんで女性も王冠も獲得する男性、その二人を自分のモデルとして持っている。では、彼が王様になる時に、一体どっちのタイプになるか。亡くなったお父さんは強くて、領土を広げてはいるけれど、どうもそのパターンだけでは国は立ち行かない。やはり世の中にはクローディアスのような王様も要るわけですよね。

松岡　乱世の王が先王ハムレットで、平和時の政治家的な面の強い統率者がクローディアスだということもできますね。ハムレットはその中間にあって、分裂している。いろんな意味で分裂を強いられているんですね。

河合　結局、死の世界に近づいて行くのもしょうがない。

松岡　分裂について言えば、母親に関してもそうですね。

河合　そうそう。母親に対するポジティブな感情は持ち続けていても、憎しみもおそろしく深い。裏切られた、という思いです。しかし自分の母親だから絶対殺したくないという気持ちも持っているし、そのアンビヴァレンスは大きいですね。

後のロマン主義の時代になって来ると、分裂は女性によって癒《いや》されるようになります。分裂で苦しむ主人公の前に女性が現れて、彼女への愛によって癒されるのはロマン派のひとつの典型ですけれど、ハムレットの場合は、オフィーリアへの愛が癒しにはならない。

松岡　むしろ傷を深くする。

河合　悲劇です。だから、オフィーリアも死ぬしかないんですね。

松岡　ぜひうかがいたいのは、ハムレットの女性嫌悪《けんお》をどういう風にお考えになるかということなんですが。

河合　母親の裏切りがとくに大きいことですよね。このころはまだ、一度夫が死ぬと再婚しないという倫理観が相当強いんでしょう。

松岡　そうですね。劇中劇の台詞にもありますしね。「二夫にまみゆるならいっそ呪《のろ》われたい」と。夫に先立たれ、その兄なり弟なりと再婚するというのは現代の現実世界ではさほど特異なことではないでしょうが、この劇でははっきりインセスト、近親相姦《そうかん》と言っていますし。

河合　キリスト教の結婚は聖なる儀式で、二人は神によって合わされるから、二度は考えられなかったんでしょう。ハムレットは、ガートルードが淫蕩《いんとう》で、クローディアスを好きになったから夫を殺したような言いかたをしているけれども、事実は分からないですね。

松岡　分からないです、ええ。

河合　そこはうまく書いてある。ハムレットは母親に対して腹が立つから、そう決めつけることで憎んでいるけれど、ひょっとしたら、全部クローディアス一人がやったのかもしれない。ガートルードにしてみれば、ここでクローディアスと結婚しておけば、ハムレットが次の王になる、王権は守れる、そういう判断があったかもしれないわけです。ところが、ハムレットはそういう見かたが全然できない。

松岡　相手が叔父のクローディアスだったからなおさら腹が立つけれども、相手が誰であろうが母親が再婚すること自体が許せないんですよね。

河合　もうちょっと三十らしい分別があれば、仕方ないと思うんでしょうが……。

松岡　少年の潔癖さ、ですよね。

河合　オフィーリアに対する愛情でも、最初はものすごく真っ直ぐですよね。そういう意味では、永遠の少年的な面をずっと持っている。永遠の少年は死ぬよりほかはない、というか、死ぬ以外には変わりようがない。

埋め込まれていた「きっかけ」

松岡　先日ハムレット役の真田《さなだ》広之《ひろゆき》さんとオフィーリア役の松たか子さんと三人でお

話しする機会があって、とても面白い発見をさせてもらったんです。「尼寺へ行け」の台詞の直前で、オフィーリアがもらった物を返そうとすると、ハムレットが「いや、駄目だ。何もやった憶《おぼ》えはない」と答える場面がありますね。あそこで、私の訳ではオフィーリアが「品位を尊ぶ者にとっては、どんな高価な贈物も、贈り手の真心がなくなればみすぼらしくなってしまいます」と言って返します。「品位を尊ぶ者」は原文では〝the noble mind〟なんですが、訳した時かなり違和感がありました。だって、王子様にむかって自分を〝noble mind〟と言うなんて高慢な感じでしょう。今の流行の言葉を使えば、オフィーリアってけっこうタカビーなのねって思ったんですよ。でもシェイクスピアがそう言わせているわけだから、私がオフィーリアらしいと思う言い回しに変えてはいけないだろうと考えて、らしくないと思いながらも、「品位を尊ぶ者」と訳したんです。そのことを真田さんと松さんに話したのね。そうしたら、松さんが、私はあの言葉は父親に言わされていると思って演《や》っています、と言ったんです。真田さんがそれを受けて、僕はそれを感じるからふっと心が冷えて、裏におやじがいるなと思い、「お前は貞淑か？」って尋ねる、と言うんですよ。私はもうびっくりしてしまってね。言われてみれば、筋が通るんです。一幕三場でオフィーリアはポローニアスに「気ぐらいを高く持て」とかお説教されているんですから。シェイクスピアは台詞の中に役者へのきっかけを埋め込んでいるんです。つまり、ここであやしいと思え、とね。

　あの場面はつねに問題にされるんです。上演の場合、観客とオフィーリアはタペストリーの裏にポローニアスとクローディアスが隠れていて、偶然と見せかけた二人の出会いの様子をうかがっているのを知っていますね。

河合　ええ、彼女は知っています。

松岡　ハムレットはそれに気づくのか、気づかないのか。気づくとすればいつなのか。それがつねに問題になるんですよ。だいたいどこかで気づくという演出をとってますけれども、能のない演出家が「気づく」ことを表現しますと、ポローニアスとクローディアスが隠れる瞬間にハムレットが入って来て目の端でちらっと見てしまう、というような演出をとったりする。

　でも、この〝noble mind〟がきっかけだと分かれば、目撃する必要はないんですね。現実にそこに隠れていると気づかないとしても、オフィーリアが自分のことを〝noble mind〟と言った途端に、ハムレットが「ん？」と思うようにできているんだから。これは怪しい、裏に父親がいるな、とね。私が違和感を持ったまま差し出した言葉を、松さんと真田さんはそう読んでくださった。優れた役者ってすごいですよ。

私はそこまで読めなかったけれども、オフィーリアらしいと自分で思うように、こなして訳してしまわない程度には、馬鹿じゃなかったなと。

河合　それは、本当に面白い話ですね。皆がもっているオフィーリア・イメージはある意味で理想化されているみたいだけれど、結局はずっとおやじが背景にいるわけです。だから結婚できないんです。ハムレットも永遠の少年だから結婚できない。つまり、初めは燃え上がっても、二人には結婚できる可能性はない。そして、お互い、自分が何に縛られているかに気づくわけですよ。ハムレットの場合は王になろうと思ったら、それに見合う結婚しかできない。その点でいうとオフィーリアはふさわしくないんですね。オフィーリアもお父さんに縛られている。縛られている者同士ではうまく行かない。

松岡　ただ、ポローニアスは娘にハムレットと付き合うのはやめなさいと言うけれど、実はうまくいけばと考えていて、そのためにもワヤワヤのうちに関係ができてしまうのを避けていただけだと思います。ガートルードもオフィーリアの葬儀で、あなたにはハムレットの妻になってほしかったと言っているから、たぶん段取りさえ踏めばあの二人は結ばれたかもしれないと……。

河合　それは、オフィーリアが死んだから言うんですよ。生きている間は考えられない。もちろん、ポローニアスは目論《もくろ》んでた。

松岡　玉の輿《こし》ですよね。

河合　そう、だから余計にうやむやにでは困ると思っていたんでしょう。

実は体育会系？

松岡　オフィーリアとの関係の話で思い出しましたけれど、訳し終えた時、一人の女性として実感したのは、ハムレットの恋人にはなりたくない、でも親友にはなりたい、ということだったんです。それは、彼の女性嫌悪の矢面に立ちたくないというのもあるけれど、ハムレットとホレイショーの友情とか、レアティーズのように敵ながらあっぱれと認めている人の存在があって、男同士の繋がりが魅力的に書かれているからでしょうね。

ヨーロッパ・ロマン派的ハムレット解釈の影響もあるかもしれませんし、ローレンス・オリヴィエ主演の映画のイメージも強かったせいか、今風な分けかたをすると、私自身ハムレットは文科系だと思っていたんです。ところが、訳し終えた時、なんだ、こいつは結構体育会系だなって思いました。それは男同士の友情を恋愛よりも高く評価するといった傾向からもきているかもしれません。そういうことはお感じになりませんでしたか。

河合　文科系とか、体育会系とかっていう要素は、皆、両方持っている気がしますね。両方持っているから分裂して、どうにもならなかったわけでしょ。

松岡　今までいくつも「分裂」が出てきましたね、結局その「分裂」が『ハムレット』という芝居の寿命を長らえさせてきたんでしょうか。

河合　そうだと思いますよ。誰だって分裂を抱えている。だから、ハムレットの苦しみが分かるんじゃないでしょうか。いわゆる哲学青年とは大分イメージが違いますよね。行動的な面も持っている。文武両道で、剣もかなり上手《うま》いわけだし。両方を持ってるから、その相克に苦しむ……。三十歳という年齢も関係あるでしょうね。若い時だったら、もっと簡単にどちらかに分かれるかもしれませんね。

松岡　三十歳で、ある成熟とある永遠の少年らしさを残したまま、ハムレットは生を完結させて死んで行く……。これが、ここまでの結論だと思うんですけれども、潔癖な少年から、どこでどうして大人になって行くんでしょうか。

河合　潔癖な少年は、ガートルードが再婚したというだけでカーッと切れたでしょ。そこにはっきりと陰謀があると分かった時から成長して行くんです。

松岡　ああ、そうか。そして自分も陰謀を企《たくら》むことで、清濁併せ呑《の》むことになる……。
河合　日本の物語と比べたら興味深いと思うんですけれど、亡《な》き父親が亡霊で出てきたら、日本人は絶対その言葉を信じるでしょう。ところが面白いことに、ハムレットは真偽を確かめる。役者に芝居までさせて、ホレイショーにも観察するよう頼んでね。これはすごく面白いと思いました。日本の伝説に似た設定があるとしたら、夢まくら*に立った者の言うことの方が確実でしょうに。
松岡　先ほど、「なぜなしに死ぬ」とおっしゃったけれど、同時に「なぜ」という疑問がハムレットにつきまとったとも言えますよね。
河合　つきまとってつきまとってつきまとって、最後になぜなしになるんですね。初めからなぜなしでは話にならない。
松岡　それと、やはり人を殺してしまったことは大きいですよね。陰謀の存在をつきとめて、人を殺し、そして海に出る。海はシェイクスピアの作品の中で、『十二夜』でもそうですけれど、いろんなメタファーを持っています。
河合　そうですね。レアティーズも海を渡って帰って来るんですよね。
松岡　これがまた面白いのは、レアティーズはフランスに行き、ハムレットはドイツへ行くんですよ。マルチン・ルターの大学への留学ですが、どっちかっていうと、ルネッサンスの時代で、進んでたのはイタリアとフランスですからね。文化的にはむしろ後進国に勉強しに行ったわけです。

＊夢まくら　夢に誰かが現われ重要なことを告げる現象。ほとんどの場合、それは真実である。日本の物語に多く語られる。死んでゆく人が「お別れ」に出現することもある。現実にも生じることがあるが説明は不能である。〈K〉

たいせつな一線

河合　ポローニアスがレアティーズの暮らしぶりを探らせるためのテクニックを従者に言い含める場面、面白かったですね。このくらいの悪いことをしていると言ってもいいと、並べたてるでしょう。悪の許容範囲です。あれはどこでした？

松岡　第二幕第一場です。ここはだいたい上演だとカットされちゃう場面なんですよ。

河合　ポローニアスによると、博打《ばくち》はいいんですよ。「飲む、打つ、買う、悪態、喧《けん》嘩《か》、切った張った、くらいはいい」と認めている。ある範囲内だったら悪行も許されていますね。ただし「抑えのきかない女狂い」はいけない。だから、抑えのきく範囲だったら女狂いも許容されているわけでしょう。喧嘩もいいし、女郎屋に行ってもいいし、要するに全部いいんですよ。ところが、決定的な中傷は言うなと、従者に釘《くぎ》をさしているんだけれど、それが何かを具体的には言っていない。おそらく、誓いを破ることは、この世界では決定的でしょうね、嘘《うそ》をつくとか。

松岡　息子には「何より肝心なのは、己に誠実であること」と言っていますね。

河合　だから、そこをはずれたら絶対にいけない。最後のレアティーズとハムレットの喧嘩でも非常によく分かりますね。どこか一線をくずさないでやっている部分があって、そういう点で完全に認めあっている。友情もあるのだけれど、それでも戦う時は戦うというあの一線は、日本の武士道と比べてみる価値があると思いますね。

松岡　ええ、実は今回ではなくてもぜひうかがいたい、テーマにしたいと思っていたのは、それなんですよ。名誉心とか、誇りとか。

河合　話がとぶかもしれませんが、現代の人間が、何を名誉と考えて生きているかというのは、非常に大事なことです。

松岡　それ、それなの。私はモラルとかなんとか以上に、誇りや名誉心を持つ持たないがたいせつだと思っているんです。

河合　それができて初めて、モラルですからね。

松岡　モラルは押しつけられたものという気がするけれど、誇りとか名誉心はもっと内的なものだと思う。それさえ持っていれば、相当なことにも耐えられるものです。

河合　そう、しかもそれを崩されたら死ぬっていう何かがある。あるいは、それを崩されたら何もかもなくなってしまうようなもの。私はそういう何かで生きて来ていると思いますね。

松岡　よく「節《せつ》を曲げない」と言いますけれど、私は節なんてぐにゃぐにゃ曲げちゃいますが、どうしてもここだけは曲げたくないギリギリの線はあります。

河合　その一線を持ってるか持ってないかによって、人間はとても変わると思いますね。私も、それは大事にしてます。

松岡　それは『ハムレット』に限らず、シェイクスピアの全部の作品に貫かれていると思います。たとえば『ヘンリー四世』でフォルスタッフが名誉ってなんだって問う場面が出て来るので、そこで日本の武士道で考えるところの名誉心とか、節というものと比較して、どこまで重なって、どこで違って来るのか、いろいろお話をうかがいたいと思っているんです。

河合　なるほど。それじゃ『ヘンリー四世』を読む時によく考えてみましょう。この当時の人は「名誉」で成り立っているので、そこを破ればひどい悪になるわけですよね。

松岡　社会的な善悪の基準からいうと、悪の範疇《はんちゅう》に入るけれども、悪の側にいる人たち同士の誓いというか、誓約みたいなものがありますね。ヤクザの世界で言えば仁義です。善の側でフニャフニャ曖昧《あいまい》なものより、悪の側で仁義を貫くというか、誓いを守ることの方が高く評価されるのは、シェイクスピア作品の中で一貫しているような気がします。

エリザベス朝末期から、次のジェイムズ一世の時代はモラルが崩れに崩れた時代ですが、その中でもシェイクスピアがどんなものを輝きたたせるかっていうと、悪の中に貫かれる仁義とか、誓いといったものです。一種の美、生きる上での潔《いさぎよ》さなんですね。同時代の他の表現者と比べても、シェイクスピアは名誉をつねに問題にしていますね。

テーマだけ見れば、シェイクスピアだけがとりあげたものはないでしょう。友情対恋愛も、同時代の作家の共通テーマなんです。ただ、こう、突っ込みかたが違うのかな。たとえば『ロミオとジュリエット』だって似たような話は結構あるし、『ロミオとジュリエット』を下敷きにして何十年か後に優れた作品、ジョン・フォードの『あわれ彼女は娼婦《しょうふ》』が書かれたりしていますけれど、テーマの純度の高さが違うから差がでているんじゃないでしょうか。

私がいつも面白いと思うのは、下敷きにした原話とシェイクスピアが書いたものとの比較対照ですね。もう、人物も同じ、名前も同じ、プロットも同じ、ええ、こんなに細かい所まで同じなのって驚くくらいなのに、比べてみると、ただたたら平べったく書いたものと、熱い血が通っているものとの差が出てきてしまう。

それを痛感したのは『ヴェニスの商人』でしたね。「血は一滴も流すな、しかも肉は一ポンドより多くても少なくてもいけない」ということまで原話で出てくるの。なあんだ、同じじゃないって思うかもしれないけれど、これが月とスッポン。

河合　でもシェイクスピアがそれをうまく書いてくれるから、感動が生まれるわけでしょう。さっきから話題にのぼっている「これだけはゆずれない」というものね、これは条文化はできない。ワンセンテンスにできないですね。だからこそ、それを表現するために物語をひとつ創《つく》っているみたいなもんでしょ、『ハムレット』だって。そのために文学があって、芸術があるわけです。

演技する主人公

松岡　『ハムレット』を論じる上で、ある意味で一番大きな事柄ではないかと思うんですが、「演技」ということ、生きていく上での演技。
河合　それはきわめてたいせつな話ですね。
松岡　ハムレットも、まわりの人間も演技してました。演技していないのはホレイショーと、オフィーリアもそうでしたけれど、後半になると父親がプロンプターになって、演じさせられるわけですよね。
河合　人間がこの社会に生きている、社会人であるということは、すでにある種の演技を伴う行為なんですね。人間の宿命として、皆が演じているわけだけれど、演技がその人を全部覆《おお》ってしまうと悲劇が起こる。家に帰っても校長先生のような父親だったら、子供はたまったもんじゃない。父親になれていないということでしょうか。父親は父親の演技をしているわけですから。
　その場合、一人の人間を一貫したone、ひとつと考えるのか、それともいろいろな面の総体がその人なのかと考えると、やはり一貫したひとつがあり得るという考えにこだわるのは一神教の世界です。なんとかして、そのoneを守ろうとする。ここからは私の解釈ですけれど、その結果、アメリカは最近、多重人格者が急増した。現代社会ではそうならざるを得ない。ところが、日本人は曖昧にしてきたから、多重人格にはそれほどならないんですよ。

『ハムレット』では、社会人としての重荷については、クローディアスとガートルードのケースが一番はっきりしている。王と王妃。しかも裏の事情があってついた王座でしょ。だからますます演技しなきゃならない。クローディアスなんてハムレットに対して父親の演技までしようとしてますね、必死になって。ガートルードの場合はわりと自然にお母さんでいるけれど、それでもこの二人は懸命に演技している。それから、ポローニアスもそうですね。首相ですから。

ハムレットはデンマーク王子としては精いっぱい演技をしなければならない。ところが、ハムレットは自分自身で生きたいと思っているわけです。それなのに悲劇的にも、自分自身になるためには演技をしなきゃならない羽目に追い込まれる。父親の復《ふく》讐《しゅう》を果たすには、皆を欺《あざむ》かなくてはなりませんからね。ハムレットは、自分自身を貫くために最大の演技を強いられている人間として登場する。自分自身になるのは死ぬ時ですよ。だから、ハムレットは可哀相《かわいそう》に、王権を継ぐ者として、それから秘密を知る者として、二重に皆から見られている。自分自身になりたいという永遠の少年的なものを一番持っているにもかかわらずね。永遠の少年はね、自分自身でありたいなんて安易に思うわけですよ。で、ソーシャルな場面で自分自身を出すから、混乱を招いてしまう。

松岡　私は、ハムレットを演技する主人公と捉《とら》えて、「視線の政治学」*という文章を書いたことがあります。もちろん、生まれながらに演技力のある人間もいて、個人差は多少あるんでしょうけれど、どれだけ多くの観客をもっているかによって、演技をしなくてはならない必然性が出てくるんじゃないかと思うんです。

河合　それから見られることによって演技上手になりますよ。皆が見てると意識するだけで、どんどん変わっていくでしょ。考えたら私の職業もそれに通じるものがあるかもしれない。ずっと同じ人の話を聞いてて、どんな変な言動があろうと見続けて、聞き続ける。すると、その人がだんだん変わってくるわけですから。やっぱり見られていることとの影響力は大きい。

松岡　そうですよね。この芝居をおしまいまでたどっていくと、随所にそれを示唆《しさ》する言葉が出てくるんですね。そのひとつがクローディアスの台詞《せりふ》「見られずに見る seeing unseen」です。それから、尼寺へ行けと言われたオフィーリアが一人取り残された時に、ハムレットのことを「あらゆる人の注目の的　Th' observed of all observers でいらしたのに」と言います。observer は、見る人ですね。「見る人によって見られる人」であること、それだけまわりの注目を浴びていたことを、observe

という単語の能動態と受動態の両方を使って端的に表していると思います。見られていれば、これはしないという表出規制も働くし、あえてこれをするという動機にもなる。だから見られる人は、より見られるようになって行く。

河合　見られることによって成長する面と、見られることによって、本来の自分から離れる面と、両方あると思うんですよ。

松岡　危険ですね。

河合　とても危険です。両刃《もろは》の剣みたいなところがあります。視線恐怖というノイローゼがあるんです。日本人には実に多い。いつも見られているとか、皆が見ていると思いこむので、動きもぎこちなくなるし、外に出るのもいやになる。たとえば、私は外国に行くとほっとする時がありますね。誰も知らない所にいるわけだから、誰にも見られていない安心感。日本ではどこへ行っても誰が見てるか分からないから、悪いことする前に辺りを確かめないとまずい（笑）。可哀相に、ハムレットは全員から見られている。また、その見かたも二重で、王権を継ぐ者と秘密を知る者としてでしょう。それを韜晦《とうかい》するためにわざわざ狂人のまねするわけです。すると、狂気は本物かどうかと、また見張られる。

松岡　ローゼンクランツとギルデンスターンなんて、わざわざハムレットを見るために呼び寄せられているわけですからね。

河合　どこかにね、心の内を見るという台詞もあったんですよ。たしかガートルードが言ったんじゃないかな。

松岡　ああ。三幕四場の寝室の場じゃないですか。

河合　そう、ありました。「ああ、ハムレット、もう何も言わないで。お前は私の目を心の奥に向けさせる」、つまり、ハムレット自身が見なくても、ハムレットという存在のおかげで、皆が自分を見なければならなくなる。だから、みんな困るんですね。日本語の「観」という字、あれはもともと自分を見るの「観《み》る」なんです。日本人には observe という考えかたがなかったんです。observe は客観的に見ているわけでしょ。それがない。日本語の「見る」は、客観も主観も入っているような曖昧な形です。ハムレットは observe されると同時に、内的に自分を観ている。しかも二重三重に観ているから、迷いがあって行動できないように見える。でも実際は、いわゆる行動派の人が、自分が観てる、人が見てるというたくさんの視線の中で動こうとするから動きにくい、ということでしょうね。シェイクスピアはそういう人物を設定したと思っています。日本人は見られているという意識が強いから、日本人的にハムレットを好きになる。日本人的に好きになる人には、ハムレットの行動力を見逃す人が多いと思います。だから、ハムレット的と言えば……。

松岡　考える人ね。悩む人とか。

河合　しかし、役者としたら、こんなにやりたい役は他にないんじゃないかな。

松岡　ええ、本当にそう思います。

＊「視線の政治学」『すべての季節のシェイクスピア』（筑摩書房）所収。ハムレットが多くの人間から「見られ」ていること、それを意識していること、そこから彼の「演技」が生まれることを、トム・ストッパードの戯曲『ローゼンクランツとギルデンスターンは死んだ』を「鏡」にして論じた。〈M〉

言葉を超えて

松岡　講談社の『本』の連載、「シェイクスピアもの語り」で、シェイクスピアの作品に出てくる「物」を取り上げて、書いたんですけれども、ハムレットが一番面白かったですね。手に持つ物が彼そのものなんです。ペンと剣と本と頭蓋骨《ずがいこつ》なんですよ。文武両道ということが出ているし、頭蓋骨で、死を思うメメント・モリそのものになって来るし。まるで誂《あつら》えたみたいでしょう。
河合　まさにペンと剣と持っているわけですね。
松岡　そうなんです。こんなに手に持つ物がそのキャラクターのありかた全体を表しているのは、シェイクスピア作品の中でもハムレットだけじゃないかと思います。ペンを持っているから、本を読むと同時に書く人でもあるわけですよね。どうもラブレターはあんまり上手じゃないみたいですけれど。でも劇中劇のためには自分で十五行ほど台詞を書き足すと言っていますから、それこそ文科系の詩心なり何なりはあるわけでしょう。
河合　『ハムレット』を劇の構成から見ると、終わり近くで墓掘人を登場させたのはすごいですね。最後に皆が死ぬわけでしょ。そのすぐ前の場面で、死に対する台詞があって、アレクサンダー大王だって云々《うんぬん》……があって。
松岡　なぜ、ああいう場面を入れたのか、ですね。
河合　話の筋だけ追っていたらあの場面はいりません。だけど、あそこの台詞はとても大事ですよね。しかも髑髏《どくろ》を手に取って……。
松岡　蜷川さんが演出なさった『ハムレット』でもあの墓掘りの場面はとても好評だったんですよ。ロンドン公演では、劇評でも取り上げられましたし。

河合　ロンドンで上演して、評価されるのは大したもんですね。

松岡　特に真田さんのハムレットに関してはどの劇評も誉《ほ》めてました。多面的だという評とか、優しさと暴力的な激しさとの間を台詞一、二行の間に行き来してみせる、とか……役者ならこう言われたいと望むような評がありましたね。

それと不思議だったのは四つの独白なんですけれども、実は翻訳者としては一番不安だったんです。お客さんにはわからないわけじゃないですか、言葉の意味は。しかも長い。視覚的な華やかさもない。だから独白の間にお客さんがザワザワしたり、寝ちゃったりしないかと心配してました。ところが、私はだいたい一番後ろの席で見てたんですけど、観客がまるでコンサートの聴衆のように、微動だにしないで耳を傾けているわけですよ、日本語の独白に。

河合　へええ、すごいですね。

松岡　あれは本当に不思議な光景でした。やはり言語を超えて、伝わるものがあるんですね。

【対談の余白に】

「誰だ？」で始まる理由

松岡和子

「埃鎮《ほこりしず》め」という言葉をご存じでしょうか。本来は、立った埃を水や雨が鎮めるという意味ですが、歌舞伎《かぶき》をはじめとする芝居の世界にも「埃鎮め」があるのです。

幕が上がる。お客はまだざわついている。こんな状態で主役を出すのはもったいないし、ハナシの発端が見えなくなる。そこで、まず舞台に登場するのは脇役《わきやく》やいわゆる「その他大勢」。世間話めいた台詞のやり取りをしながら、彼らがその芝居なり場面なりの雰囲気作りをしているうちに、お客のほうも「あ、芝居が始まった」とお喋《しゃべ》りをやめたりものを食べるのをやめたりする。客席はだんだん静かになって、お客は舞台に注意を集中させる。これが「埃鎮め」です。

現代の劇場なら、客電が消えて客席が暗くなれば、それがそのまま埃鎮めになりますが、客席の明るい歌舞伎座では、芝居の「中」の埃鎮めがまだ生きている。では、もっと明るい劇場では？

一九九七年六月、ロンドンはテムズ川南岸のサザックに「シェイクスピアのグローブ座」が開場しました。シェイクスピアの劇団、キングズ・メン（国王一座）が常打ち小屋にしていたグローブ（地球）座を忠実に復元した木造の劇場です。まだ基礎工事をしているころから、私はロンドンへ行くたびに「どのくらい進んだかな」と見に行っていたので、心待ちにしていたオープニング記念公演にはもちろん出かけました。

この劇場の客席は、「ヤード」と呼ばれる中央の平土間と、それをぐるりと取り囲む階段状の「ギャラリー」席に分かれています。三階建てのギャラリーには屋根がついていますが、ヤードの上は青天井。ヤード客は立ち見なので雨が降ったら大変。

シェイクスピアの時代、平土間のお客はグラウンドリングと呼ばれていました。入場料が一番安く、その点は日本の「大向こう」に当たるのですが、こちらのほうは舞台に一番近い。

ハムレットは、劇中劇の場の前に旅役者に向かって演技に関する注意事項を言い渡します。その中に、オーバーな演技をすれば「あやしげな黙劇か、どたばたしか分からない大向こう（the groundlings）の耳をつんざくだけだ」とあることからも推し測れるように、彼らは低俗な客とみなされていたようです。

ですが、私はいまのグローブ座で芝居を見るときは必ず平土間に降りて見ます。立ちっぱなしで疲れたときにそなえ雨にそなえ、ギャラリー席のチケットを買っておいて――。平土間だと舞台に近いので、役者の表情もよく摑《つか》め、息遣いまで感じられる、という以上の理由があるからです。何よりも、立ち見客の一員としてその場にいるときのわくわくした気分がこたえられない。開幕前や休憩時間中に、飲みかけのワインのグラスを舞台の端にちょこんと載せてお喋りに余念のない客、舞台前の真下に円陣を組んで坐《すわ》りこんでいる若いグループ、お父さんらしい男性に肩車をしてもらっている子供……。

開幕を告げるのは、係が手にしたベルのチリンチリンという音。でも、活気の渦の中にいるお客の耳には、そんな可愛《かわい》い響きは簡単には届きません。客席、特に平土間はなかなか静かにならない。

オープニング・フェスティバルのとき、やはり日本からいらした隣の席（ご臨席の女王ご夫妻がよく見える席だったこともあって、このときだけは私もギャラリーから動きませんでした）のシェイクスピア学者O先生が、そんなヤードの様子を見おろしてこうおっしゃいました。「『ハムレット』の第一声は、こういうお客を静かにさせる働きもあったかもしれませんね」。

あ、と思いました。そして「埃鎮め」という言葉が頭に浮かんできたのです。ご承知のとおり『ハムレット』の冒頭シーンはデンマークのエルシノア城の城壁の上。深夜です。衛兵のフランシスコーが歩哨《ほしょう》に立っている。そこへ、彼と役目を交替すべくバナードーがハムレットの友人ホレイショーを伴って入ってくる。そのバナードーの言う「誰だ？（Who's there?）」がこの劇の第一声です。

文学のモナ・リザという異名を持つ『ハムレット』だけあって、この「誰だ？」というそれ自体はなんの変哲もない言葉も様々に意味づけされてきました。シフト前に歩哨に立っていたのはフランシスコーなのだから、何者かが近づいてきたらまず誰何《すいか》の声をあげるべきなのは彼のほうです。ところが、ここではあとからやって来たバナードーが、「誰だ？」と言う。そこにフランシスコーがいるのは分かっているはずなのに、です。

『ハムレット』の劇世界ではものごとが順当ではない、デンマークでは「何かが腐っている」——誰何《すいか》すべき人物とされるべき人物との役割の逆転は、そのことを開幕早々に暗示している。「誰だ？」の解釈としてはこれがほぼ定説になっています。

また、この問いかけと最終幕の「あとは沈黙」というハムレットの台詞とを関連づけて、「『ハムレット』は、問いに始まって沈黙に向かって進行していく劇である」と穿《うが》ったことを言う学者もいます（ノーマンド・バーリン著『悲劇、その謎《なぞ》』新水社）。

そこへ持ってきて、ベルが鳴ってもなかなか静かになろうとしないグローブ座のヤード客は、「誰だ？」には散文的ながら実際上極めて重要なもう一つの「意味」があるのではないかと示唆してくれました。そう、埃鎮め。

シェイクスピアの芝居でも、たとえば『ロミオとジュリエット』のオープニング・シーンのように徐々に「埃鎮め」が行われる場合もあります。ジュリエットのキャピュレット家とロミオのモンタギュー家の従僕同士の喧嘩《けんか》の場面です。ここで肝心なのは、彼らが喋る一言一言の台詞より、両家のあいだに根強い確執があるということを観客に伝え、その雰囲気を醸《かも》し出すことでしょう。だから「埃」がだんだんと「鎮まる」のに少しは時間がかかってもかまわない。

でも『ハムレット』の場合は？　プライヴェト・シアターと呼ばれる屋内劇場での上演は措《お》くとして、シェイクスピア時代の芝居は昼の太陽光の中で演じられました。ヤードの真上から降り注ぐ陽の光です。ですから、「亡霊の出る深夜の城壁」という真っ暗で不穏な場面で始まる芝居では、お客の意識を一気に劇の中に拉致《らち》しなくてはならなかったでしょう。

歌舞伎や『ロミオとジュリエット』の埃鎮めは、いわば小ぬか雨が降り始めたようなそれですが、もうもうと立った埃にジャッと水をかけるという手もあるということ。騒がしさにかけては悪名高いグラウンドリングたちも、「誰だ？」という鋭い一声には、お喋りに文字どおり水をかけられた思いでぴたっと口をつぐみ、これまた文字どおり「水を打ったように」即座に静まり返ったに違いありません。

いきなり主人公がたった一人で登場し、“Now”という強い音を持った言葉で始まる『リチャード三世』も、『ハムレット』のオープニングと同じ効果をねらったと思われます。芝居そのもののことから役者の生理までを知り尽くして芝居を書いたシェイクスピア。観客心理を知り、それを考慮に入れなかったはずはない。

ロンドンのグローブ座を体験したいま、「誰だ？」には、演劇的な意味がこもっていると同時に、即効性のある「埃鎮め」の作用も果たしただろうということは、私の中でほとんど確信になっています。

リチャード三世

悪党は、なぜ興味つきないのでしょう？

一四五五年から八五年までの三十年間、イングランド王国を真っ二つにしたランカスター、ヨーク両家の王位継承を巡る内乱を、薔薇《ばら》戦争と呼ぶ。シェイクスピアはこの戦争を背景にして四本の歴史劇を書いた。『ヘンリー六世』三部作と『リチャード三世』である（これらを合わせて第一・四部作と言う。ちなみに第二・四部作とは『リチャード二世』、『ヘンリー四世』二部作、そして『ヘンリー五世』のこと。第二のほうが劇内の歴史的時間は早いのだが、創作年代があとなのでこのように呼ばれている）。

さて、薔薇戦争および第一・四部作の最大のヒーローがリチャード三世だということに異論はないだろう。だが、彼が王位に就いていたのは、この三十年間のうちたったの二年強。

にもかかわらず彼が「最大のヒーロー」になっている理由は、ひとえにこの人物の魅力にある。しかも悪の魅力に。

幕が開く。いきなり現われるのはグロスター公リチャード。

開幕と同時に主人公がたった一人で舞台に登場し、延々と独白を語る劇は、シェイクスピアの全戯曲三十七本のなかでも『リチャード三世』が最初にして最後である。

悪党宣言とも言えるこの独白、ここで早くも彼の身体的な劣等感から世界への憎悪《ぞうお》、そして王位への野望までが明らかになる。その冒頭は、あまたあるシェイクスピアの名台詞《ぜりふ》の中でも五指に入るだろう。

Now is the winter of our discontent.
Made glorious summer by this son of York.

「さあ、俺たちの不満の冬は終わった、
栄光の夏を呼んだ太陽は、ヨークの長男エドワード」

「息子」という意味の son は、「太陽」という意味の sun と同音なので、シェイクスピア劇ではしばしば両者のイメージは重なる。そこでこう訳したわけだが、この劇のキーワードの一つは太陽、そしてその光によって生まれる「影」。太陽は王の象徴でもある。

「影」は河合さんとの対談でも重要なテーマになるはずだ。

劇の冒頭ではさんさんと輝いていた太陽だが、最終幕のボズワース平原でのリチャード軍対リッチモンド（後のヘンリー七世）軍との戦いの日には、陽は蔭《かげ》っている。

彼は部下のラトクリフに向かってこう言う。「今日は日は出ない！／曇り顔の空は、我が軍の上に重く垂れ込めている」

そして、戦闘。形勢はリチャード軍に不利だ。

「馬は殺され、徒歩のまま剣をふるう」リチャード。彼の最後の言葉は、冒頭のそれに負けず劣らずの名台詞である。

A horse! A horse! My kingdom for a horse!

「馬だ！　馬をよこせ！　代わりに俺の王国をくれてやる、馬！」

リチャードはいわば、輝く太陽と雲に覆《おお》われた太陽とのあいだに、また、

“Now”（「さあ」）という前向きで歯切れのいい語と“a horse!”（「馬！」）という即物的な絶望の叫びとのあいだに、人を陥《おとし》れ、玉座への邪魔者を殺す。悪の限りを尽くす。即物的であればこそ、一層強く絶望の深さを感じさせる言葉の残響を残し、リチャードは世界から消えて行くのだ。

（松岡和子）

アドラー理論そのまま？

松岡　『影の現象学』をはじめ、いろいろなご著書で、影の方に実体があるという趣旨のことを書いていらっしゃいますね。『リチャード三世』をお読みになって、影についてはどう思われましたか。

河合　一番感激したのは「輝き立て、美しい太陽、鏡を買うまで／歩きながら俺の影法師を眺めていられるように」という台詞です。普通は太陽を拝むのに、この人は影法師の方を見るんだから。この台詞はどこにあったか……。

松岡　最初の独白ですね。第一幕二場の終わりです。

河合　リチャードは影を大事にしているというか、影の方に生きている。自分の体の醜さをひどく嘆く台詞がありますね。どうしても女性に愛される望みはないと。もしアルフレート・アドラー[*1]がこの作品を読んでいたら、さぞ喜んだと思います。フロイトやユングと同時代の精神医学者ですけれどね。ご存じのように、フロイトが主張したのはエロスです。性的なリビドーを大事にする。それに対してアドラーは権力への意志が根本にあって、セックスはそのためにある。権力を成し遂げるために、男女の愛を使うと言っています。

松岡　まさにリチャード三世ですね。

河合　ところが、フロイトはエロスのために権力を使う、エロスの方が根本だと主張しています。エロスのために権力を使って大失敗する人物も書かれてましたね、エドワード四世とか。だから、実に興味深い。さらに面白いことに、アルフレート・アドラーも醜男《ぶおとこ》で、ねこ背でした。でも、次男なんです。リチャードは三男ですか。

松岡　劇中では三男です。系図を見ると四男ですが。

河合　次男だったら、アドラーはもっと喜んだでしょう。性格が形成されていく時に、兄弟の関係を考えると、次男は特に権力への意志が強くなると、アドラーは言っています。それから劣等感。もともと劣等感について言い出したのはアドラーなんです。誰でも劣等感を持っています。アドラーの理論でいうと、オーガン・インフェリオリティといって、自分では気がついていないけれども、誰でもどこか自分の器官に劣等なところを持っている。その劣った部分を補おうと頑張ることによって、その人の人生ができてくるという説です。そのとおりですよね、このリチャード三世という人物は。

松岡　『リチャード三世』を読みながら理論を立てたみたいに聞こえます。

河合　アドラーは、醜男で次男だったから、自分の境遇からこの理論を見いだしたわけです。もちろん、誰にでも器官に劣等なところがあると断言するのは行き過ぎもあると思うけれど、この理論で説明できる現象はいろいろありますね。

それから、アドラーは講演がうまかったそうです。ヴァツラフ・ニジンスキー[*2]の奥さんは分裂病のご主人を連れて、フロイトにもユングにもアドラーにも会っている。中でもアドラーは並外れた説得力だったそうです。だから、その場では言われたとおりだと思いこむ。でも、家に帰って考えると、あれ、おかしいなと気づく。

松岡　弁舌さわやかなのも、リチャードに似ています。

河合　こういうアドラーの理論的典型みたいな人物を、シェイクスピアははるか昔に書いていたわけだから、すごい。もうひとつ感心したのは、人が大勢死ぬわりに、読後感がさわやかなところです。

松岡　そこはシェイクスピアの作劇の魔術だと思うんですが、実はこの芝居の中では人間が九人死にます。リチャード三世本人を入れると十人。でも観客が実際に死ぬ現場を見るのは、リチャード三世だけです。あとの九人は全員舞台の外で死ぬ。ま、リチャードの兄のクラレンス公は舞台で暗殺者に刺されますが、とどめの「ワイン漬け」は舞台の外。

たとえば、ロンドン塔で幼い二人の王子が暗殺される場面を舞台上でやったら、観《み》ている側はやりきれない思いをあとあとまでひきずってしまうと思うんです。刺客《しかく》が殺したときの情況は、どうでこうでとリアルに報告されますけれど、それはあくまでも観客の想像力に訴える形にすぎません。事実以上に残忍な情景が頭の中に浮かんでいるかもしれませんが、想像力の中でどれだけ悲惨なことが起こっても、後味はやはり目の前で実際に首を絞めた、血を流したというのとは違うと思います。これだけ徹底して人殺しを舞台の外でさせたのは、シェイクスピアの悲劇の中でも珍しいことです。

河合　リチャードだけが舞台上で殺されるんですね。

松岡　幕が開く前、つまり『ヘンリー六世』で殺されたヘンリー六世とその王子、プラスこの劇の九人分の怨念《おんねん》がちょうど観客側にも溜《た》まってきたところで、目の前でリチャードが殺されて相殺《そうさい》されるというか、そんな心理の哲学を、シェイクスピアは直観的に持っていたように思います。

河合　殺された人たちがもっと早く亡霊になって出てくれれば、ここまでの惨状は防げたのに。十一人揃《そろ》ってから、みんなで一緒に出てくる（笑）。でも、ここまでの悪をきわめたのが大事なことで、結論を言うと、これほどの悪人が出てこなかったら、ヨーク家とランカスター家は一緒にならないね。
松岡　ヨーク家にとってもランカスター家にとっても、リチャードが共通の敵になったんですね。
河合　最後の方に、ヨーク家の人でさえ、リチャードが死ぬのを喜ぶだろうという台詞があったと思います。血で血を洗う争いはもうごめんだと、全員が納得するまでやらされたんです、リチャード三世は。
　私は読みながら、最初にイアゴーのことを考えました。オセローがいる限り、イアゴーは出て来ざるを得ない。オセローの存在自体がイアゴーを誘発する。ところが、リチャード三世には対抗する存在、オセローみたいな人がいません。なぜかなと疑問でしたけれど、終わりの方でふと気がつきました。リチャードは正しいものに対する影じゃなくて、英国全体が思い知らなければいけない影なんだ、と。その影があったから、ヨーク家とランカスター家はとうとう怨念を超えたわけです。怨念がある限りは、両家のいさかいはいつまでも続くんでしょう。
松岡　寝返りごっこと言いたくなるほど、ころころ変わりながら続きますね。

＊1　アルフレート・アドラー（一八七〇〜一九三七）フロイトの精神分析運動に参加するが、意見を異にして別れ、「個人心理学」の派を立てる。劣等感がノイローゼの原因となることを主張した。〈K〉

＊2　ヴァツラフ・ニジンスキー（一八九〇〜一九五〇）ディアギレフの率いるロシア・バレエ団の天才的男性舞踊家。二十世紀最高とまで言われたが、一九一七年に精神分裂症になり、以後舞台に立つことはなかった。〈K〉

小気味いい悪

河合　リチャードは初めの方で、悪党になるより仕方がないと言いますね。もちろん王座をねらうためですが、悪しかやりようがないと、自分で自分に徹底させたみたいな気がする。

松岡　リチャード三世は拒否反応も起こさせますけれども、なぜかみんなが好きですね。悪党宣言の独白――これもシェイクスピアのうまいところですが、最初からお客さんと直接話します。そうすると観客も共犯者みたいな気持ちになる。私たちはいいことも徹底してできないし、悪いことも徹底してできない。だから、代わりに憎いヤツはどんどん殺し、ほしいものは手に入れ、女だってものにしようと思ったら絶対手に入れてくださいという気持ちで、観る側も出発するんです。

河合　おっしゃるとおりで、人間はみんな徹底できないものです、善も悪も何についても。ところが、この男は悪の道をひたすら進んで行く。小気味がいい。だから嫌いになれない。もちろん、ユーモアもあって、恐ろしい危機にもあうせいで共感を呼ぶんでしょうが。

松岡　彼は劣等感も最初にさらけ出しますよね。姿形がよくないし、女にももてなかったと。そういう部分は、だいたいみんなの劣等感と重なるでしょう。

河合　彼は劣等感の裏返しの標本みたいなことを、思いきりやってのけたわけです。

松岡　アドラーの理論によると、自分の器官における劣ったところへの劣等感がバネになって、権力志向につながるとおっしゃいましたけど、それをうかがって、私はヒットラーを連想しました。

河合　ヒットラーは、アドラー的に見たらまさに典型ですよ。

松岡　ヒットラーは絵描きになりたかったのに、学校を落ちたりした劣等感が積み重なっていく。それがゼンマイをぎりぎりまで巻いて、一気に弾《はじ》けたみたいな感じですよね。

河合　それがリチャード三世の場合、最初から悪に直進するから、かえって気持ちがいい。日本に『馬喰八十八《ばくろうやそはち》』という昔ばなしがある。馬喰の八十八という男が徹底的に悪いことをし、大成功して終わるんです。そういう話が昔ばなしにはあるんですよ。往々にして教訓的な内容があとからつけ加えられるけれど、もともとの話にはそれがない。そういう小気味いい悪の話はわりとあります。

それから思い出すのは、宮沢賢治の『毒もみのすきな署長さん』。ものすごく好きな話でね。「毒もみ」はご存じですか。川に毒を流して魚をとる方法です。それをやると魚が全部とれる代わりに、稚魚まで死んでしまうから絶対に禁止されているわけです。ところが、どうもこっそり毒もみするヤツがいるといって調べていくと、警察署長が犯人だとわかる。署長は死刑になるんですが、「ああ、面白かった」と言って死にます（笑）。

良心の限界

松岡　徹底した悪の反面、この芝居の中で良心という問題が提出されていると思うんです。良心とは一体何なのだろうと。

河合　良心という言葉は何度も出てきますね。

松岡　二人の暗殺者がクラレンス殺しをためらう場面がありますね。殺し屋の心の中にまともな良心がもっとも生きているという逆説がけっこう好きなんです。良心は教育なのか、何なのか。リチャードにだって良心がないわけではない。その良心が最終的に亡霊という形をとって出てきたとも言えますでしょう。

河合　そのとおりです。結局、リチャードの良心が限界にきたということです。限界にきたから、リチャードは戦えなくなって、負けてしまう。

松岡　そこでまた影なんですが、亡霊は影ですね。一万人に及ぶリッチモンドの実体ある兵士よりも影の方が怖いと、リチャードは言っていますね。実体のあるもの以上に、影の方が人間にインパクトを与えています。

河合　リチャードが初めの独白で、自分の影法師を眺めたいと言うでしょう。あの時は黒い影なんです。ところが、あまりにもリチャード自身が黒くなるから、影が白くなって良心になる。だから、最後に出てくる影、亡霊はみな良心的なことを言う。あそこがまた面白いですね。

松岡　それで彼が最後に求めるのが、一頭の馬というサブスタンシャルなもの、実体のあるものでしょう。これも見事なパラドックスだと思います。

河合　教訓的な解釈をすると、リチャードの乗っていた生き物は、それこそ悪です。駆動力といってもいい、馬力ですから。リチャードは馬力を失ってしまったわけです。それから、リチャードくらい弁の立つ人だったら、殺されるときに文句をさんざん言って死ぬかと思うと、全然そうじゃない。何も言わずに死んでしまう。つまり本当に限界に達していて、言葉もなく、馬もなく、死ぬだけというところまで来ている。

松岡　リチャードはヨーク家の側からもいない方がいいように思われますが、その一番の象徴となっているのが、お母さんからの拒否だと思うんです。それについては、リチャードの側からはまったく書かれていません。でも、生みの母親から否定されるということですよね。ヨーク公夫人の気持ちもわかります。自分の生み出した存在が、鬼のように悪行をどんどん重ねていくわけですから。ただ、自分の子供を自分の子供と認めたくないというのは……。

河合　それも限界を超えたときです。つまり、どんな悪いことをしようと、うちの子は可愛《かわい》いというのが母性の表現です。良いも悪いもないんです、何をしようと、うちの子が一番いいと思うのが普通ですよ。ところが、生まれた時から非常に否定的な言いかたをしている。しかも、身体的にも生まれた時から……。

松岡　逆子で、すでに歯が生えて生まれてきたという伝説もありますしね。

河合　初めから母親に拒否されていたということは、初めから世界に拒否されていたと言えます。世の中の外に放り出されていたわけです。だから、リチャードはこういう人生を歩まざるを得ないとも言えます。

良心は生まれつき持っているのではなくて、人間との関係から生まれてくるものでしょう。関係の根本が消えてしまったら大変なことになります。その関係というのは誰とでもいい、父親、母親でなくても、肉親でなくても、そこにピタッとした密な関係さえあれば……。

松岡　良心というのは自《おの》ずと生まれてくる。

河合　つながりがある限り、人は殺せません。

松岡　いくつか基本的な行動原理というのはあるんでしょうけれど、幼い時期に、たとえば笑顔が見たい時に、こういう行動をとれば笑顔が見られる、こういう行動をとれば拒否されるという体験から学んでいくのだと思います。そうやって学んでいる間に、良心もできてくるんでしょうね。

河合　そう、それはみんなひとつのつながりです。彼がいかにつながりから切れているかが、端的に出ているのは、たとえばアンと結婚するとか、エリザベスの娘と結婚しようとする時です。自分は恋心で結婚するわけではないと、はっきり言っている。

まさに、つながりがあるから結婚するんじゃなくて、つながりは何もないが、自分の権力とか、悪のために結婚するのをはっきり示している。つながりの有無が一番強烈に意識されるのは恋愛関係です。あまりに強烈過ぎて見誤ることも多いけれど、だから惚《ほ》れるんじゃないか、それが根本だと言いたいくらい、男女の関係はつながりの根本にあるものです。それを彼はまるっきり否定している。それは、母と子の関係が完全に切れていることの影響ですよ。それは他の男性に対しても、もちろん出ています。バッキンガム公とか、忠誠を誓った部下たちも全部あとでスパッと切ってしまうでしょう。これだけの人物を描いたというのは、あらためてシェイクスピアはすごいと思いますね。

悪人は役者

松岡　人心操作も出てきますね。リチャードが「さくら」を使って王様になる場面がやはりこの芝居のひとつの見所になっています。リチャード三世という人物そのものが、河合さんのお立場から見て、すごく面白いケーススタディであると同時に、リチャード三世自身が人間をよくわかっていた。だから、自分が王様になるために、実はなりたくてしょうがないんだけれども、ちっともなりたくないという演技をした上に、さくらを使う。あれは人心操作の教科書みたいな場面ですね。

河合　シェイクスピアが言いたいのは、結局それにも限界がくるということです。最後に亡霊が全員出てきた。それまではうまく行っています。ところが、亡霊が出てきたら、ものが言えなくなって死ぬだけですよ。

松岡　私はリチャードの演技力とか、多面性に惹《ひ》かれます。劇中で、人物の多面性が見えるのは、他の人物と会っている時だと思うんです。一人で立って滔々《とうとう》としゃべっていても多面性は見えません。やはりいろいろな人間と出会って、そのつどどういう顔を見せるかを通して、あ、この人と出会った時はこういう顔をする、次にあの人と出会った時はああいう顔をすると、観客は見ています。その点から言うと、登場人物にほとんど総当たりなんです、リチャードは。二十何人と出会う場面があります。これはハムレットと同じ。その対極にあるのがオセローです。オセローはイアゴーよりも対面する人物が少ない。イアゴーのほうが多くの人物と接して、そのつどそれなりの顔を見せる。

河合　『ヘンリー六世』だったかもしれないけど、良い人間は退屈だとか、天国は退屈だとか、そういう台詞《せりふ》がどこかにあったと思うんです。仏教でも、地獄の描写はすさまじい。何とか地獄とか、幾種類も地獄がある。ところが、天国は本当に退屈なんです。ユングが、死んだあと、天国でハープの音ばかり聞いてご馳走《ちそう》食べるのは気がすすまないと書いていますけれど、そういう場所ではかえって憂鬱《ゆううつ》になってくるんじゃないですか。
だから、さっきの話に戻りますが、イアゴーだったら多面性は出せるんです。オセローは善の役だから、あまり多面的ではなくなってくる。較《くら》べてみると、リチャード三世は複雑です。
松岡　善人より悪人の方が役者だとも言えますね。
河合　明らかにそうです。
松岡　善人が涙を流す時には本当の涙で、嘘《うそ》の涙は流さないけれども、悪人は平気で空涙で泣いて見せますから。
河合　大体、善人というのは反省しない。これが一番怖いです。
松岡　たしかに……そうですね。
河合　私は反省ばかりしている。毎日が反省です。つまり反省しないと他の面が出て来ない。反省しながら悪いこともしたり。だけど、善人は反省しないからひとつの面しかない。だから、そういう善人がいると、イアゴーのような存在が出て来ざるを得なくなる。リチャードの多面性はもっと本質的というか、反省してあらたな面が出て来たということではありません。

松岡　場面場面での見事な役者ぶりに、喝采《かっさい》を送りたくなる時があります。

河合　アンとも、エリザベスとも、最初は怒りの台詞の応酬がある。ところが最後の所はうまく丸めこんでいる。これは、シェイクスピアの女性ぎらいも関係していると思いますけれどね。

松岡　まんまとひっかけた相手をすぐあとで必ず馬鹿《ばか》にします。シェイクスピアが書いた歴史劇の中で、こんなに女性がたくさん出て来て、重要な役をするのは他にないんですが、王妃エリザベス、ヨーク公夫人、アンはリチャードの被害者です。マーガレットが面白い。

河合　マーガレットも毒舌がすごい。

＊天国　ユングは彼の『自伝』のなかで、「死後の生命」について各個人は自分なりの神話をもつべきである。「雲の上に坐《すわ》って数千年もハープを奏《かな》でるなど」と、考えるだけでもぞっとする人もある」だろうと述べている。〈K〉

怨念《おんねん》と呪《のろ》い

松岡　彼女の台詞は呪いに満ちています。人間の怨念とか、呪いについても、お話をうかがいたいんですが。

河合　怨念というのは、ある意味で人間を突き動かす強い原動力です。必死で頑張っている人には、怨念を晴らしている人が多い。怨念はわりと長続きするんです。感激はそんなに続かないでしょう。とても感動しても三日ぐらいで冷めますよ。怨念は年単位で続きます。

この作品の中でも、ヨーク家とランカスター家は、お互いに怨念と怨念でにらみ合っているわけでしょう。その怨念のやり合いを超えた人間が出て来た。リチャードです。彼は怨念ではない、悪そのものです。怨念で動いている人は、自分を善だと思っています。みんながよく言うでしょう、自分は誰それの怨念を晴らすためにやっていると。ところが、リチャードは怨念晴らしじゃなくて、悪のために悪をやっている。悪のために悪をする人間は、どうしても喜劇的になるじゃないですか。そんな人はめったにいませんからね。怨念を晴らすのは喜劇になりません。敵討ちは喜劇にならない。

松岡　悪のために悪をやると喜劇的になるんですね。

河合　それから、怨念と呪いは違います。女性の場合は、深い怨念を持ちながらも自分では晴らせない。自らの手で相手を殺せませんから。祈りとか言葉しか武器がない。だから、女性の台詞には実に豊富な呪いの言葉が出て来る。言葉でやるより仕方がないんです。ところが、その言葉という武器においても、リチャードは強い。最後は相手の女性を言いくるめてしまう。あれもすごい。普通なら腹を立てて、女を殴りつけたりしそうだけれど、そうせずに、ちゃんと弁舌で対抗して、終《しま》いには説き伏せる。アンの場合は、すっかりその気になる所まで行くわけでしょう。ただこれは、シェイクスピアが、ほれみろ、女はこんなもんだと言いたかったのかもしれませんね。これほど呪いの言葉がふんだんに出て来る作品は、他にあまりないように思いますけれど、どうですか。

松岡　ええ、シェイクスピアの芝居の中でも珍しいですね。

河合　演劇だけでなくて、他の芸術作品を考えてみても、これほど呪いに満ちているものはないと思う。でも、リチャードは少しもこたえていないんですよ。彼が元気な時の考えかたからすると、呪いは存在しないんです。何の効力ももっていない。ところが亡霊が出て来る。これは呪いの延長です。私たちが普通に考える、現実的効果ではない。仕返しの現実的効果は、相手をやっつけることでしょう。呪いは何もしない。

それなのに亡霊が出て来る。だからやはり、深い意味における呪いは存在するんです。
松岡　そうか、呪いは無力な人のすることなんですね。弱者の武器。
河合　無力だから呪うんです。有力だったら相手をやっつけてますよ。ただ、呪いの力はマイナスです。だから「人を呪わば穴ふたつ」といって、呪うことによって、その人自身も傷つきます。
　ただ、操作は呪いや祈りとは違います。操作はうまくいけば効果は確実にでます。はっきりしているんです。呪いは一人が呪っても完璧《かんぺき》に通じる時と、千人呪っても何も通じない時がある。祈りもそうです。だから、操作の逆ですね。まるっきり逆のパワーなんです。
松岡　この劇はそういう違うタイプのパワーのぶつかり合いですね。
河合　呪う力は女性の方が強いです。シェイクスピアは女性をいかにも弱い存在として書いているけれど、最後には女性の呪いが勝つから面白い。
松岡　日本だと、藁《わら》人形に五寸釘《くぎ》を打つといった呪いがありますが。
河合　そういうのにはパワーはありません。結局、目に見える形でやるのは操作なんです。呪いは本来、地球とか天を媒介して、相手にエネルギーを送るわけだから、スケールがまったく違います。そういう呪いもあるとは思う。

考えてみたら、私なんか本質的に祈っているだけですよ。祈りしかないんです。私の仕事は操作の正反対をやっている。人をいっさい操作しないことをモットーに生きている人間ですから。普通、誰でも何か操作しようと思うものなんです。でも、操作をすべてやめて、ひたすら祈っていたら、結果的にけっこううまくいきますね。

頂点から転落が始まる

松岡　シェイクスピアの女嫌いは、どの作品を見ても出て来ますけれど、もうひとつよく出てくるのが賢い子供。たとえば『冬物語』のマミリアスとか、『マクベス』の中のマクダフ夫妻の子供とか。その子供たちが実に愛らしくて、賢いのにこましゃくれていない。そこにシェイクスピアの子供観を感じます。

河合　さすがのリチャードも、子供相手ではたじたじでしょう。言葉尻《じり》をつかまれて、どんどんやられてしまう。

松岡　エドワード四世の王子ヨーク公ですね。だから、一種の危機をまたどこかで感じるんですね。こんなに小さいうちから、こんなに頭が回ったら、先々どうなるかわからないと末恐ろしくなる。だいたい、子供はみんなものすごく魅力的に書かれています。大人顔負けのうがったことを、実に無邪気な言葉でパッと言う。出番はそんなにたくさんじゃないですけれど、とても印象的です。さすがのリチャードが一瞬口ごもるのは、子供が相手の時だけじゃないかと思います。

河合　ヨーク公のあの子が出て来た場面はすごいですね。本当にリチャードがどんどんやられている。

松岡　イギリスでサイモン・ラッセル・ビールという俳優がリチャードを演じた時、彼の前では「背中」という言葉がタブーなのに、ヨーク公一人だけが、嬉々《きき》として「おじさんの背中」と平気で口に出して、さらに盛り上がった背中にピョンとおんぶしちゃったんです。そのとき、殺意がカーッとリチャードの顔に浮かび上がる……強烈な場面でした。

河合　「おんぶしてもらう」なんて、字面《じづら》だけ見ていたら、ものすごくポジティブな言葉ですからね。

松岡　そうです。ヨーク公としては、リチャードおじさんが好きで好きで、素直に甘えている。軽口をきき合って楽しんでいる。これが子供の、大人をたじたじとさせるすごさです。どういう場面でもそうですね。一般的に言って、ちょっと向こうへ行ってなさいとか、外に行って遊んでなさいと言われるような子供が、よくいますよね。

河合　私は子供時代に何べんもそう言われました（笑）。しかも、そう言われても、どこへも行かずに聞いていた。大人の話を聞きたがっては怒られました。しかも、大人の話に横から急に口を出すわけです。それで、みんなギョッとする。

松岡　河合さんは、ヨーク公のごとき少年でいらしたんですね。

河合　もうちょっとで殺されるところだった。危なかった（笑）。

松岡　子供と言えば、王子二人を殺したところがこの劇の転換点になるわけですね。子供まで殺したというので、お客さんの気持ちもリチャード離れを起こす。そうなって来ると、あとは落ちて行くしかなくて、落ちて行くと人間、ヘマをする。そこをシェイクスピアがうまく書いていると思います。部下への指示なんかでもすごくマヌケです。悪としてあれだけ完璧だった人が、くずれて行くのがおかしいでしょう。ああいう部分は、プロットの進行には全然関係ないエピソードだけれど、あえて入れている。

河合　もうひとつの変化の理由としては、目的を果たしたことでしょうね。彼にとって、王様になるのが目的になっていたんです。なったら、もう目的がなくなった。王様になって何かしたいという人は別です。でも、リチャードは何かするために王様になったのではない。だから、彼はあそこで終わってしまうんです。あんなにたくみに人を操作していた人間が、急に下手になります。あのあたりもよく書けている。

松岡　リチャードは、善悪でいえば悪の側に立って、人間を見下して笑う立場だったのに、王位についたとたんに今度は笑われるキャラクターに転換させられているんです、シェイクスピアに。

一言一言翻訳している時、プロットの進行に直接関わるような言動ではなくて、むしろなくてもいいような部分に、シェイクスピアの天才ぶりを感じるということが多々あります。落ち目になって行くことの表現としては、笑われるキャラクターへの転換という方法をとらなくても、他にもやりかたはいくらもあると思うんです。でも、恐怖と畏怖《いふ》の的であった人間を、あえて笑いの対象にしてしまう。一気に落ちていく斜度を実にうまく表現していると思います。

河合　あの人は、王様になったとたんに終わったね。しかし、そういう人は今でもたくさんいますね。なるのを目的にしている人。なって何をするというのではない。

松岡　リチャードにとって、リッチモンドが最終的な敵になりますよね。だから最後になると俄然《がぜん》、リッチモンドという言葉が台詞の中に頻繁に出て来るようになる。オブセッションですね。あれも凋落《ちょうらく》の表現でしょう。落ちる人間と同時に、昇って行く人間の存在を背後に感じさせる。頂点というのは、実は頂点じゃなくて、そこから転落が始まるという、転落の出発点なんだということを、これほどはっきり書いている本もないと思います。

憎悪《ぞうお》の矛先

松岡　この『リチャード三世』を取り上げる時に、河合さんのお話を伺いたいと思ったのは、自分に対する憎悪と、自分を愛することです。最後の独白で、リチャードはそのふたつの間で揺れていますね。自分が自分を好きなのか、憎んでいるのか、分からなくなっています。

「憎む」は英語でいうとヘイト（hate）ですが、まだ大学院の学生のころこの作品を読んでいて、やたらにヘイトが多いなと気になりだしたんです。ヘイトそのものと、ヘイトレッド（憎しみ　hatred）のような派生語を数えてみたら、なんと二十九回も出てくるんです。シェイクスピアの作品の中で、『リチャード三世』がダントツに多い。次に多いのは『コリオレイナス』で二十二回でした。他の作品はもっとずっと少なくなります。

最初のうちは「憎しみ」とか、「憎い」という言葉は、他人に向けられているんだけれども、最終的に「俺は俺が憎い」という所に到《いた》る。散乱し乱反射していた憎悪が最終的にリチャード一人に向かうんです。

河合　それがリチャードの死ぬ時ですね。自分が憎いとはっきり分かって来たら、生きていられない。漱石《そうせき》の『こころ』じゃないけれど、他人が悪いと言っているうちが花ですよ。

松岡　嫌悪ならまだ逃げ道がある。私も自分がいやだと思うことは一日に何回もあるけれど、幸いまだ嫌悪で済んでいます。

河合　憎いと炎が燃えますから。ヘイトは強い言葉でしょう。向こうの人と話したって、ヘイトはめったに使わない。

松岡　さっき、あれだけ雄弁だったリチャード三世が、死に臨んでの言葉は何も吐かないとおっしゃいましたね。それは最終的に自分に憎悪が向いてしまうことと関わっているんじゃないでしょうか。自己愛に浸っていると饒舌《じょうぜつ》になって言葉が出て来るけれども、自己憎悪になってしまったら言葉も出ない所まで行くわけです。

シェイクスピアで人間研究

河合　この話は、いわゆる勧善懲悪的に書かれてないからすごいですね。最後に悪事が次々に露見して、征伐されるというのが一番分かりやすい勧善懲悪ですが、彼の場合は亡霊にやられてしまいますから。

松岡　リチャードは細かな反省とか、自分を顧みることはあっても、最初の悪党宣言から、絶対自分が悪党になってやると思ったことに対する反省はないですよね、根本的には。

河合　ありません。

松岡　そこにも、さっきおっしゃった馬喰《ばくろう》の話とか、毒もみのすきな署長さんとかに通じる爽快《そうかい》さがある。だから彼は永遠のヒーローになり得たんでしょう。歌舞伎《かぶき》にだって、色悪《いろあく》*1というみんなが好きなタイプがあります。リチャードは色悪だと思う。見かけは醜男《ぶおとこ》でも、女はどんどんたらしこんじゃうし。

河合　そうですね。日本の俳優でリチャード三世になるのは大変でしょうね。

松岡　でも、やりたがってる俳優さんは多いですよ。

河合　そうですか。よっぽどの人間でないとできませんね。

松岡　ハムレット以上にリチャード三世をやりたいという人はいます。

河合　こんな役をやろうと思ったら、毎日ビフテキを食べてないとだめなんじゃないですか。体からつくっていかなければ。

松岡　たしかに、狩猟民族で、血の滴《したた》る肉を食べているのを感じますね。

河合　ところで、この作品は、史実とどのくらいかみ合っているんですか。

松岡　本当の史実は分かりませんが、それほど違わないみたいです。たとえばイーリーの司教に苺《いちご》を持って来てくれと言う台詞《せりふ》*2がありますでしょう。ああいうエピソードも英国史にあるんです。

河合　では、リチャードは、現実でもこんなに殺したんですか。

松岡　殺したと思います。

河合　ものすごい悪者としてのイメージが実際ありますね。日本で誰が彼に相応するか、考えてみたんですが、信長と秀吉でしょう。あの二人は残虐《ざんぎゃく》な人殺しです。その血なまぐささに疲れ果てて、ようやく天下太平になる。だから、大下太平になるまでの時代は、恐ろしい殺し合いです。

松岡　公式の歴史書は常に、過去を現状肯定のための材料にしています。ですから、その当時の人々にとっての現在のヘンリー八世やエリザベス女王を肯定するために、その先祖であるリッチモンド伯爵《はくしゃく》、後のヘンリー七世を絶対にいい王様だと描くことになる。そのあおりを受けて、リチャード三世が必要以上に、事実以上に悪い王様にされているということはあるでしょう。

実際、ジョセフィン・テイという推理作家が書いた『時の娘』というミステリーでは、彼はそんなにひどい王様ではなかったことが立証されていくんです。たとえば、肖像画を見て、こういう顔の人にそんな悪事ができたはずはないなんて、そのあたりから始まるんですけれど（笑）。

河合　比較して面白いのは、日本の場合、信長、秀吉が英雄になっていることです。彼らは残酷な人殺しで、肉親や部下を殺すのも平気でしょう。見かたによってはリチャード三世に似たような話になるんじゃないかな。残虐この上ない殺しかたもしているし。

松岡　こうやってみると、シェイクスピアの芝居って本当に人間研究の材料が詰まっていますね。

河合　でも、説教くさくはない。

松岡　お説教は一言もしていません。

河合　私は今度、道徳教育の本を書きますよ。『シェイクスピアから学ぶもの』という題で（笑）。中教審の委員にきっと売れるでしょう。

松岡　賛成。中教審にシェイクスピアをお勧めになるのはいいかもしれませんね。

＊1　色悪　歌舞伎の役柄の一つ。外見は二枚目で、本性はワルといった役を言う。代表格は『四谷怪談』の民谷《たみや》伊右衛門《いえもん》。リチャードは「二枚目」ではないが、なぜか女性を魅了する力があるので「色悪」の仲間に加えてもいいだろう。〈M〉

＊2　イーリーの司教に苺を……　『リチャード三世』第三幕第四場、エドワード四世亡《な》き後、皇太子エドワードの戴冠式《たいかんしき》の日取りを決める会議の席で、リチャードが突然、苺のことを持ち出す。宮内長官ヘイスティングズを陥《おとしい》れるための陽動作戦。〈M〉

エピローグ　一度読んだらつぎつぎと

河合隼雄

人生には思いがけないことがよく起る。それにしても、シェイクスピアについて——対談であるにしろ——書物を出すことになるなど、まったくもって思いがけないことである。「おだてられると、殺人以外のことは引き受けられる」などと冷やかされているが、ほんとにまんまとおだてに乗ったものである。

最初の『ロミオとジュリエット』のときは、それでもまず一度やってみて、などと言っていたのだが、松岡さんにお会いしてすぐに続けていきたいと思った。それほど、松岡さんとは意気投合したし、シェイクスピアの面白さは測り知れないものがある。

シェイクスピアは中学生のとき友人に全集（坪内逍遥《しょうよう》訳か？）を持っているのがいて、借りて読んだ。何を読んだか覚えていないが「恐ろしい話だ」と思った。中学生の想像力をはるかに絶する人間の恐ろしさが描かれていて、圧倒されそうに感じたのを覚えている。その後、ずっと敬遠してきたが、『影の現象学』や『とりかへばや、男と女』を書いたときに、それとの関連で少し読み、このときは深く印象づけられた。『オセロー』や『マクベス』はさすがに凄《すご》く、「影」の現象を語るのに適していた。それにしてもそれ以上読まなかったからよかったので、もしシェイクスピアを本格的に読んでいたら、「シェイクスピアにおける影について」一書を書くほどだったのではなかろうか。今回取りあげた『リチャード三世』など、影の物語そのものである。

蜷川幸雄さん演出の「彩の国シェイクスピア・カンパニー」の皆さんによる『ロミオとジュリエット』を見たときの感激についても少し書いておきたい。長らく演劇を見なかったということもあって、幕開けから終りまで、身体《からだ》がふるえ出すような反応で舞台に惹《ひ》きつけられた。十四歳の内界における嵐《あらし》がどんなに凄《すさ》まじいものか、この嵐とけなげに戦ったり、打ちひしがれたりした少年、少女の姿——私が面接室でお会いした人たち——の姿が何度も何度も眼前を往来した。シェイクスピアの時代と現代と、人間の本質は何も変っていない。ロミオもジュリエットもわれわれの周辺に生きているのだ。これからもシェイクスピアを舞台で見られるのが楽しみである。

私はあまり書物を読まない人間だから、こんな機会を与えられなかったら、シェイクスピアをこれほど熱心に読むことはなかったであろう。おかげでつぎつぎと読み、シェイクスピアの度に松岡さんと対談して、いろいろと疑問を解決したり、あらたな知識を獲得したりできるのだから、こんなに有難いことはない。松岡さんの訳には、あちこち註がついていて、翻訳の苦労や心づかいが窺《うかが》われて実に興味深い。ひとつの言葉の重さというのを痛感させられる。何しろ、こちらは何の予備知識もなく、ただ作品を読んで感じたことを出まかせに言っているのだが、松岡さんの反応で、それがいろいろな色合いをもったものに変化するので、楽しくてたまらない。シェイクスピアが沢山作品を書いてくれているおかげで、この楽しみも長く続きそうで嬉《うれ》しい。そのうちどこからかストップがかかるかもしれないが。

この企画にかかわって下さったホリプロの金森美彌子《みやこ》さん、加藤礼子さんに心から感謝の言葉を申しのべたい。

こんなにオモロイことになるのだから、身のほど弁《わきま》えず、おだてには乗るものだと思う。

文庫版　あとがきに代えて

河合隼雄さま

秋めくのを通り越して肌寒いくらいの毎日ですが、お元気でお過ごしのことと存じます。

『快読シェイクスピア』のために『ハムレット』についてお話をうかがってからもう三年あまりになるでしょうか。去る九月半ば、蜷川幸雄さんの四ヴァージョン目の『ハムレット』の幕が開き、それに先立つ稽古《けいこ》のあいだにこの作品や登場人物のことで幾度もはっとさせられることがありました。その度に河合さんならどうお考えになるかしらと思ってきたので、この機会を頂戴《ちょうだい》して……。

稽古場は発見の場です。芝居というのは面白いもので、同じ戯曲でも演出が変わればもちろんのこと、同じ役でも演じる俳優が変わると、作品全体のそれまで見えなかった面にぱっと光が当たるような気がする。そういうことが往々にして稽古場で起きるのです。今回オフィーリアを演じた篠原涼子さんのおかげで、ああ、こういうオフィーリア像もあるのだと目から鱗《うろこ》が落ちる思いをしました。対談のときは話題はもっぱらハムレットのことに集中しましたが、篠原オフィーリアをきっかけにして考えさせられたこと、そして、やはり新たな配役が私の目を向けさせてくれたハムレットの心の傷についてもご意見をお聞かせいただきたいと存じます。

市村正親《まさちか》さんを主役に据えた『ハムレット』の最初の読み合わせで、早くも「発見」させられたことのひとつは、ローゼンクランツ、ギルデンスターンの二人組とハムレットとの関係に関するものです。今回のローゼンクランツ役は大川浩樹、ギルデンスターン役は横田栄司。二人とも蜷川組常連の実力派で、大川さんは『ロミオとジュリエット』でマキューシオを、『マクベス』ではロスを演《や》っており、横田さんは真田広之主演の『ハムレット』でレアティーズを演じ、三島由紀夫作の『卒塔婆《そとば》小町』では詩人役に抜擢《ばってき》されました。

さて、私にとっての「発見」のきっかけは第二幕第二場、この二人がエルシノアにやってきてハムレットに再会したときのやりとりでした。

Ham.　……二人とも、どうだ、調子は？
Ros.　まあ月並みの人間並みに。
Guil.　幸せすぎないのが何よりの幸せといったところ。運命の女神の帽子のてっぺんというわけには参りませんが。
Ham.　靴の底でもない？
Ros.　はい、殿下。
Ham.　すると腰のあたりか、ご寵愛《ちょうあい》の真ん中だな？
Guil.　はい、そこそこ目をかけていただいて。
Ham.　女神のあそこでこそこそやってる？

これがまるでトリオ漫才の掛け合いのように聞こえたのです。「幼いころから共に育った」三人は、恐らくウィッテンバーグ大学にも一緒に留学し、寄るとさわるとこんなふうに下がかっていたり高踏的だったりする駄洒落《だじゃれ》を飛ばしているに違いないと思いました。

この印象は立ち稽古に入ってますます強まりました。大川さんも横田さんも演技的な柄が大きく、市村さんより背が高い。だから三人が「友人」として対等に見え、ハムレットの「君たちを家来並みに扱う気はない」という言葉が納得できるのです。ハムレットのこの二人との関係は、彼とホレイショーとのそれのように精神的な強い絆《きずな》と尊敬によって結ばれているわけではないけれど、きっと無二の遊び友達だったのでしょう。芝居見物にも連れ立って出かけたのかもしれない。二人を迎える「やあ、君たち！」というハムレットの嬉々《きき》とした歓迎の言葉から、それまでの三人の親しさが感じ取れます。そのローゼンクランツとギルデンスターンが、父を殺した疑いのある新王の手先になっている……。

まず、父の死ときびすを接して早々と叔父と再婚してしまった母ガートルード、次にローゼンクランツとギルデンスターン、そしてオフィーリア――ああ、ハムレットはこうして順々に信じた者に裏切られてゆくのだ、と思いました。オフィーリアとの「尼寺の場」、ガートルードとの「寝室の場」、のちにハムレットは、イングランドで絞首刑になるはずのローゼンクランツとギルデンスターンについて「どうせあいつらが惚《ほ》れて引き受けた役目だ。良心はちくりとも痛まない」と極めて冷たく言い放ちます（自ら王の親書を書き換え、二人をそういう最期《さいご》へと追いやったにもかかわらず）。

この三つの場に共通するハムレットの心理のメカニズムは、下世話な言い方をすれば「可愛《かわい》さ余って憎さ百倍」。ガートルードやオフィーリアに対しては「憎さ」が

「百倍」まで行かないこと、と言うよりそこまで行けない点にこそハムレットの辛《つら》さがあるのでしょう。いずれにしろ「可愛い」から「憎い」へと一八〇度の転換を生み出すモメントは「信じていたのに裏切られた」という意識ではないかと思うにいたったわけですが、いかがでしょう。国譲りの場におけるリアのコーディリアに対する心の動きもこれですよね。

こういう傷は一生癒《いや》されないものなのでしょうか。私自身の来し方を振り返ってみても、健忘症気味の私でさえ、その気になればいつでも「裏切られた」という傷はしくしくうずき出すのですけれど。

さて、次はオフィーリアのこと。篠原涼子さんのオフィーリアで何よりびっくりしたのは、その強さでした。芯《しん》が強い、でも父親の言いつけは守る。ミニ・ポローニアスのような兄の忠告にもきちんと耳を傾ける。だからハムレットとの「おつき合い」もやめることにする。ところがそのあとすぐにハムレットはおかしな様子で彼女の前に現われる。その報告を受けたポローニアスは、それが佯狂《ようきょう》であることを知りませんから、自分の娘への失恋が原因だと思い「近ごろつれないことでも申し上げたのか？」と尋ねる。その答えは「いいえ、お父さま、でもお言いつけどおりお手紙はお返しし、もうお越しにならないよう申し上げました」。

篠原オフィーリアのこの台詞《せりふ》の激しいこと、激しいこと！　血を吐くよう、とでも言いましょうか。この激しい「いいえ」からは、「お父さんが付き合うなって言ったからその通りにしたのよ、そのせいで王子さまがおかしくなっちゃったじゃない！」とでも言わんばかりの父親への非難さえ感じられるのでした。父も兄もハムレットの愛は「いまだけだ」と用心を促すにもかかわらず、彼女自身はハムレットの愛を信じている。対談ではハムレットがいかに「引き裂かれた」人間であるかがひとつのテーマでしたが、篠原さんの演技を見ていて、オフィーリアも引き裂かれているのだと分かったのです。こういう芯の強い人のほうが、追い詰められると壊れやすいのでしょうか。

いわゆる「狂乱の場」での彼女の登場のしかたにもはっとさせられました。それまではいかにもしつけのいいお嬢様というふうに背筋をしゃんと伸ばしての挙措が一変し、「狂った」オフィーリアは上体をねじるようにして背中を丸めて現われたのです。その姿を一目見ただけで、彼女の中心が壊れてしまったことが分かる。精神の在り方と姿勢や動作を含む身体の在り方の関係についてもうかがいたくなった所以《ゆえん》です。ずいぶん長々と書いてしまいました。お許しください。それにしても『ハムレット』については考え出すときりがありません。このさき別のシェイクスピア作品を取り上げるときにも、何かにつけてこの戯曲に触れることになりそうです。

次の「快読」を心待ちにしながら——。

二〇〇一年九月二十五日

松岡和子

松岡和子様

お手紙拝見しました。

松岡さんのお蔭《かげ》でシェイクスピアを真剣に読む機会を与えられて、有難いことと思っています。こんなことがなければ、おそらく私はシェイクスピアをこれほど熱心に読み直すことはなかっただろうと思います。有難いことです。

松岡さんのお手紙を読んでまず思ったのは、当り前のことですが、「演劇は観《み》なければ駄目だ」ということです。生身の俳優さんが演じるのを観ることによって、かずかずの「発見」がある。と言いながら、私はなかなか観劇の時間がとれず、今回も松岡さんの「発見」を手がかりにして、勝手なことを述べさせていただくことになりますが。

ハムレットの「分裂」については、かつて二人で随分と話しこみましたが、今回は「裏切り」がテーマです。これも『ハムレット』のなかの重要なテーマであることは明白です。「裏切り」は人類の歴史はじまって以来あることで、おそらく永遠に無くなることはないでしょう。自分の人生のなかで、裏切ったり、裏切られたり、の経験の無い人は居ないと思います。いずれの場合も、思い出すだけで相当な痛みを感じることです。もっとも、そんな痛みの無い人生など、何もオモロナイとは思いますが。

『ハムレット』では沢山の人が死にます。主人公も死んでしまいます。このなかで、舞台上で死なないのが、ローゼンクランツ、ギルデンスターンの二人組と、オフィーリアです。先王ハムレットの死は劇のはじまる前の出来事ですが、劇中劇としてそのシーンは演じられるとも言えます。

「裏切り」について考える上で、舞台上で死ななかった人物、ということが鍵《かぎ》になっているような気がします。松岡さんも言っておられるとおり、ローゼンクランツ、ギルデンスターンに対するハムレットの仕打ちは端的です。「裏切り」に報いるに「裏切り」をもってしている。この行為においてハムレットに全然「分裂」が認められないのが特徴的です。ローゼンクランツ、ギルデンスターンの死は、舞台上に演じるまでもなく、当然の報いとして語られるのではないでしょうか。

それでは、オフィーリアの場合はどうでしょうか。私は彼女は基本的には裏切っていない、と思うのです。その感じが松岡さんのお手紙に指摘されている、篠原涼子さんの演じるオフィーリアの姿と言葉に示されているように思います。彼女はずっとハムレットを愛している。したがって、「つれないこと」など一言も言っていないのです。それでも父親の「言いつけどおり」のことをした。当時のオフィーリアのような女性にとって、これ以上の方法があったろうか、と思います。

このような烈《はげ》しい「分裂」は、狂気に至らざるを得ないのです。彼女が単純に「裏切る」ことをしていたら、狂気になることはなかったでしょう。そして、狂気に続いてもたらされる「死」は、限りなく美しいものとして語られるけれど、舞台上では演じられないのです。彼女は既に舞台——つまりこの世——から去って、次元の異なる世界で、美しく生き、ハムレットの来るのを待ち受けることになります。ハムレットの傷が癒されるとするならば、このような方法しかなかったのでしょう。善悪のはざまから美の世界に突き抜けていくようなオフィーリアの姿は、舞台上で演じるよりは、観客のイマジネーションにまかせる方が得策と、シェイクスピアは考えたのでしょうか。

これらの人たちに対して、王も王妃もレアティーズもハムレットも舞台の上で死にます。王の死はもっとも当然でしょう。ハムレットは王の罪状を明らかにした上で、殺害します。これに対して、王妃のガートルードはハムレットが殺したのではありません。言うなれば一種の事故によって死ぬわけです。

沢山の人が殺し殺されるこのドラマのなかで、オフィーリアとガートルードの二人の女性は、殺されたのではなく、事故によって死ぬのです。しかし、二人とも自殺と考えても不思議ではないほど必然的な死と言えます。

二人の友人に死を与え、義父も殺して、「裏切り」を罰し続けたハムレットも、母親に対しては逡巡《しゅんじゅん》せざるを得なかったのです。しかし、彼女に対しては天が罰を加えたとも言えるでしょう。

最後にハムレットも死にますが、それは崇高な死として壇上に祀《まつ》られます。ハムレットの究極の仕事は、血のつながりを断つことと、王位をつなぐことにあった、と思うと、これはまさに英雄の仕事である、と感じさせられます。フォーティンブラスは、ハムレットのことを、「時を得れば、名君と謳《うた》われたはずの方だ」と讃《たた》えています。

「見てきたような嘘《うそ》を言う」のは学者の役割ですが、私も『ハムレット』を観ることもなく勝手なことを述べてきました。これも、舞台稽古を観られた松岡さんの臨場感のあるお手紙に刺戟《しげき》されてのことです。

御一緒に、蜷川幸雄さん演出の『リチャード三世』の舞台稽古を観たときのことを思い出しながら、この御返事を書きました。またそのような機会があればいいな、と願いつつ筆をおきます。

二〇〇一年十月二日

河合隼雄

増補

リア王
マクベス
ウィンザーの陽気な女房たち
お気に召すまま

リア王

松岡　まず、これは私が『リア王』の翻訳を終えたときの話なんですけれど、劇作家の秋元松代さんが読んでくださったんです。それで、最初の王国分割の場面について、「リアは、長く可愛《かわい》がってきた娘コーディリアとたった一つの場面であんなふうになって、しかもゴネリルとリーガンのことを見抜けなかったのって、納得がいかない」と、お話ししたんです。すると秋元さんは、「それが老いというものなのよ」っておっしゃったんです。

河合　僕は「王位」だと思っている。王という地位にあると、美辞麗句以外分からなくなるから。

松岡　秋元さんも「自分の耳に心地いいことしか入れようとしない、入ってこないんですよ」って。それはご自身、八十歳を超える年齢になって初めてお分かりになったことだと。そうか、「老い」と「王位」が重なるんだ。

河合　だから結局、どうしても道化が要るんです。向こうの王様って、神の代理ですからね。それ以上の地位はない絶対的な存在だから、ちゃんと老いようと思ったら、道化とコンビで老いていかないと。そういう絶対的王と道化という組み合わせを、日本人はあまり知らない。日本人がある程度知ってる、太鼓持ちとも違いますしね。

松岡　似て全く非なるもので、「太鼓持ち」の意味を辞書で引いたんです。そうしたら「遊客の機嫌をとり、滑稽《こっけい》な動作、言葉で座をにぎわす者。男芸者」と書いてある。機嫌をとることに尽きるわけですね。一方、道化で一番大事なのは、批判すること。ものすごく自由な身だけれど身分が低い。その代わりに天下御免で、誰の前で何を言ってもいいんです。

河合　だから命がかかってますよ。いざとなったら、殺される。すごい大事な役割です。

松岡　『リア王』の道化には名前もなくて、ただ「フール」と呼ばれているから、もう本当に純粋な道化ですね。ここでは、リアの影なんです。舞台とか映画なんかを観《み》ると、それぞれでどういうふうに造形されてるかが面白いんですね。

河合　一つお聞きしたいんですけど、嵐《あらし》の後で、リアにずっと付き添っていた道化がいなくなりますね。あの辺から、リアの性格は変わりますか？

松岡　性格はともかく意識は変わりますね。嵐の場面でリアは、人を思い遣《や》る気持ちとか、下から上を見る眼差《まなざ》しとかを獲得していくわけで、そうなると、もう道化の目が必要なくなるんですよ。シェイクスピアの時代、おそらく同一の少年俳優がコーディリアと道化をやったという説もあります。この二人が一緒に現れる場面がないんですね。コーディリアが父親と再会する前に道化が消え、リアは、「おれのフールが殺された」とコーディリアの遺体を前にして言う。そこにまた、非常に微妙な二重性がでてくるんですね。リアにとって道化は、コーディリアと同じ機能を果たし、両方が目の前で死んでいくという読みもできて、面白いんです。

松岡　老いというのは、やはりその下の世代があるからこそ見えてくるわけですが、リアと娘たちの関係はいかがでしょうか？

河合　リアには王妃がいないんです。これが〝老い〟と〝王位〟に次いで彼が背負っていることなんですね。そして娘三人はすごく男性的な性格を持っています。つまり、女性としての性の欠如というか、みんなエロスが欠如しているところがあるんです。

リアには王妃がいない

そういうことをもう一つシェイクスピアは言いたかったのかなと僕は思ったんですけどね。
松岡　シェイクスピアの女嫌いというのが一番激しく出ている芝居ですよね。それがエロスの欠如と重なって、王妃がいない形になっている……。
河合　いないために、リアの決定はすべて和らぐことなくストレートに伝わり、娘たちも男性的にバサッと切ってしまう。コーディリアにしてもそうでしょう。本当にお父さんが好きなら、「何にもありません」なんて言わんで、何か言やあいいのにね（笑）。
松岡　リアとの再会の場面でも、私だったら謝ると思うんですよ。「あそこでひと言、とても愛してるって言えば、こんなことにならなかったのに、ごめんなさい」って。なんていうのかな、父親に対してすら巧言令色は是としないという自分の価値観は絶対で、最後まで反省しませんよね。
河合　ああ、それですごく分かるのは、つまりコーディリアはやっぱりリアの心を表しているんですよ。二人とも真っ直《まっす》ぐでね。
松岡　リアは王位を追われてから、「だれかが私にひどいことをした」という被害者的な台詞《せりふ》を繰り返していて、コーディリアとの再会でもそう言っているんです。根本的なところでは変わってない。頑固同士ですよね、この芝居はみんな。
河合　ほかの二人のお嬢さんだって、ケントやグロスターとかも、一徹屋さんの集まりみたいな……。だから、この芝居は、何かが変わるということを描いたのではない感じがしましたね。「人間というのは、一徹に突き進んでいったら、こんなもの」ということを書いているんだと。そういう意味で、ものすごく感激しましたけど。で、ここまで書けるシェイクスピアというのは、すごく強い人間ですよね。これ、ちょっと下手なやつが書いたら、最後にいっぺんに甘い結末ができるわけでしょう。フランス軍が勝つとか（笑）。
松岡　でもね、冗談じゃなくて、シェイクスピアが下敷きにしたお話では甘い結末なんです。それを彼がわざわざ過酷な結末に書き換えてるんです。それで、一六八一年からかな、ネイアム・テイトという当時の人気劇作家が、シェイクスピアの『リア王』を書き換えて、また甘い結末にして、それがずっと十九世紀半ばまで上演されたんです。リアは死なないで復位しますしね。
河合　ああ、そうですか（笑）。
松岡　で、エドガーとコーディリアが結婚する。そういう結末。

自立は裏切りによって成立する

松岡　この芝居の特徴の一つは、暴力ですよね。シェイクスピア劇の中には残酷なものがいくつかあるんですけれども、『タイタス・アンドロニカス』とこれが双璧《そうへき》だと思います。目をえぐり出したりするので、観るのは耐えられないって、ずっと思われていたらしいです。

河合　そう思いますね。それと、呪《のろ》いや侮蔑《ぶべつ》の言葉とか、すごいでしょう？

松岡　以前、『リチャード三世』でお話を伺ったときも、「呪いというのは弱者の武器である」ということが出てきましたでしょう。そうすると、またここでも納得がいくんですね。リアが呪いだすのは、王位をおりてから。

河合　しかし、この呪いの迫力というのは、ものすごいですね。

松岡　すごいですよ。娘に裏切られたということで、呪いが個人を超えて、女性全体にいきますでしょう。そこがね、「おい、ちょっと待ってくれ、そこまでいかないで」と言いたくなる。不思議な感じさえするんですよ。

河合　父娘というのは、すごい濃いからね。

松岡　リアの狂気というのは、どういうふうにお読みになりますか？

河合　いやあ、なって当たり前というか（笑）。娘たちに完璧に裏切られるわけですから。ところがね、もう一つ深読みしていくと面白いのは、コーディリアは父親の期待を裏切ったために「お前は娘なんかじゃない」と言われますね。しかし、そういう関係にならないと彼女は結婚できなかったのだという考え方があるんです。裏切りによってしか自立できないというのは、人間の不幸なセオリーのようなもので、歴史上の人物でも、このときだけは裏切ってるって人がたくさんいますよ。そしておそらくリアは、ほかの二人の娘にも、コーディリアに対するようにベタベタと接したから、余計反発された。娘たちはもう裏切らざるを得なかった、という見方もできるんです。だから、裏切られたと思うときは、その相手の人間とのあり方を考え直すのが本当なんですよね。

マクベス

松岡　『マクベス』には、臨床心理学に関わる話がたくさんあると伺っていたので、今日は楽しみにして参りました。

河合　たくさん、ではないけれど絶対に言いたいと思っていたことがありまして。我々、臨床心理学の立場からすると、『マクベス』というのは強迫神経症の典型的な症状が、いくつも見られるんです。最たるものが、マクベス夫人が手を洗う場面。「不潔恐怖」という強迫神経症の一症状がありまして、それがこのように手を洗って、洗って、洗い続けて、他の事が出来ない、というものなんです。この強迫神経症の人というのは、心のものすごく深い所が動いている。そういう深い所と、日常の自分が接触するのは怖い事なんですよ。それこそ、人を殺しかねない恐怖や衝撃。僕は、強迫症状というのは、その衝撃から人を守るものだと思ってるんです。

松岡　その症状によって、人がガードされているという事ですか？

河合　そうそう。強迫症状を持っている人は、「この症状さえなければ、私はどんな事でも出来るだろう」とか言う。でもその症状内によって守られているとも言えます。つまり症状が、人の心の不可解な深層との接触を防いでいる。マクベスの場合は症状はないけれど、やはり非常に深い所が動いて、あの惨《むご》い殺人の動機になっているでしょう。僕、この話は『リチャード三世』と比べるといいように思うんです。リチャードとマクベスでは殺人の質が違う。心理学では、無意識を考える時に層に分けるんですが、普通のわかりやすい無意識、「憎しみ」とかですね、リチャードの殺人はこれが動機でしょう。でもマクベスの場合は、もっと深い無意識に動かされて殺人に至る。だから周りで見る人は「そこまでしなくても」と思うし、本人も途中で止《や》めたくなるじゃないですか。リチャードの殺人には共感出来ても、マクベスには出来ない、そういう対比が出来る。しかも冒頭から「魔女」という人間を超えた存在が登場して、話のスケールが違うんですね、人間・リチャードの話とは。

松岡　そうなんですよね。しかも魔女は「命令」ではなく「予言」として、マクベスに語りかけるというのが怖い。私は『マクベス』で一番特徴的なのは、「虚無感」だと思うんです。彼は先を予言されてしまったから、〝何をやっても同じ〟なんです。やってもやらなくても結果は同じ。そういう先が見えてしまった人間は立ち止まるしかない。それでも時に押されて、「その時」まで連れて行かれてしまう。

河合　マクベスは「動かされている人」だが、リチャード三世は「やっている人」。そういう見方をすると、マクベスは一番の被害者なんですね。

松岡　その予言もどうにでも解釈出来るようになっていて。しかもそばでバンクォーに告げられた予言が、さらに追い討ちをかけていますよね。マクベスは「王位に就くが一代限り」と言われ、バンクォーは「王位には就けないが、王の祖先になる」と告げられる。同じように予言に縛られた人間でも、「死んだらすべておしまい」なのと、「先がある」のとでは違うだろうと思うんです。でもバンクォーもある種の虚無感を持ちますよね。人間は先が見えないから生きていられるというか。

河合　本当にそうです。だからこの作品は恐ろしい。人間が、既に決まっている運命に飲み込まれていく様子が描かれているから。

〝一卵性夫婦〟が暴《あば》き出すシェイクスピア女嫌いの秘密

松岡　話をマクベス夫人に戻すと、以前河合さんが雑誌で夫人の「望みは遂げたが満足が得られない」という言葉を、現代の日本人に当てはめた文章を書いていらっしゃいましたよね。それでハッとして原文を読み直したんですが、この「望み」は「my desire」ではなく「our desire」だった。実は、私は『マクベス』を訳すとき、他の作品より、we (our, us) という主語とその意味するところに気を配るようになっていたんです。だから「また出た！」と思って（笑）。マクベス夫人が自分たち、あるいは自分の行為を指すときに使う主語の違いが、いろんな場面でとても興味深く、意識させられたんです。前出の部分も夫を王位に就かせるのは「my desire」のはずなのに、それを「our...」という。夫と一心同体化する事によって、自分の何かを満たそうとしているような。これはどこか強迫神経症などと関係あるのでは、と思えてしまって。この二人は、自分たちの行為を何かというと「we」でとらえるんです。

河合　もっと深読みしたら、マクベスは自分の「desire」と言いたくないから「あれが言うから……」と、責任を転嫁《てんか》している。

松岡　妻のせいにしている？

河合　というより、女性のせいにする。それこそリチャードは自分で行動してますけど、もっと心の深層から出てきた行為は、自分のものでありながら、自分のものとは思いにくいんです。だから、ね。

松岡　それと関係あるのかしら。この芝居は女性の力が動かしていますよね。超自然の世界では魔女、人間界ではマクベス夫人が物語を動かしているし、その上冒頭の戦況報告でも、比喩《ひゆ》に「戦《いくさ》の女神」が登場して、マクベスが大活躍すると「戦の女神の花婿《はなむこ》のようだった」と表現されている。

河合　ユングの考えで言えば、非常に深い所＝アニマ（男性の中にある女性的特性）の部分なんですよ。これと対立するのがペルソナ（人格）で、これは表面的なこと。

松岡　女性にはアニムス（女性の中にある男性的特性）と、ペルソナがあると。

河合　そうそう。ただユングが言うほど、女性にもうまく当てはまるかは分からないけれど、男の場合は非常に分かりやすい。例えば僕は一応大学の先生なので（笑）、この場では背広を着ていますが、僕の心の中の女性は、「お酒でも飲んで寝転んでいればいいのに」と囁《ささや》くわけです。そう、衣服ってペルソナの象徴なんですよ。夢にもよく出てくる。一番多いのは、場違いな服装をしてるという夢。

松岡　まさに『マクベス』に出て来る表現に重なります！　栄誉や王位の比喩として「借り着」とか、「慣れない服の着心地」とかいう表現が何度も出て来ますから。

河合　で、アニマとペルソナの対立が、この物語には非常にきれいに出ている。男のペルソナはしっかりやろうとしているのに、アニマがサボれサボれと言う、みたいにね。自分のネガティブな欲望は、全部女性のせいにするんです。この傾向はキリスト教文化圏で、非常に強いものですね。特にセクシャルな欲望に関して、男は毅然《きぜん》としているのに女が誘惑するからいけない、という構図になっている。マクベスが、魔女が言うからやった、夫人が言うからやった、というのがまさにその例。

松岡　そうすると、マクベスが狂わずに、初めは冷静だった夫人の方が狂ってしまったのは、マクベスのペルソナを夫人が全部背負ってしまったからと考えていいんですか？

河合　まさにそうですね。もっと言うなら、シェイクスピアは、そういう負の部分を女性に負わせないと書けなかった人、とも言える。

松岡　「シェイクスピアの女嫌い」については、いろんな作品について河合さんに伺うようにと、随分周りからも言われてるんです。これは、人間のどういうところから生まれるものなんでしょう、シェイクスピアに限らず。

河合　僕の解釈ですが、やはりキリスト教文化は大きいですね。「天なる父」はいつも正しいというのが絶対ですから、かなりがんじがらめの道徳観を、男たちは表面的には持たざるを得ない。なのに、色々間違いが起こる、自分たちは悪くないのに。そうすると「どうも女が怪しいゾ」という考え方が出るんじゃないでしょうか。女が誘惑するから、男が過《あやま》ちを犯す。そういう考え方がシェイクスピアに限らず、一般的にあったんじゃないでしょうか。それに当時の芝居は男がすべて演じていた。つまり、男が演じる女、芝居の中の女は「男が期待する女」を作りやすい。そうすると、誘惑する女、唆《そそのか》す女というのは、男の立場からすれば身に覚えがあるから、ぴったり来るんですよ。一人の人間として女性を見ていたら、こんなキャラクターも物語も出来ないでしょう。だから女性は魔女か天女になるしかない。

松岡　シェイクスピア作品の場合、喜劇は結婚で終わり、悲劇は結婚から始まるんです。それが、彼の男女関係についての考えをはっきり表しているように思えます。

河合　そう言えば、日本の昔話は、結婚から始まって悲劇に終わりますよね。『夕鶴』なんかはその典型。グリム童話なんかは、困難を乗り越えて結婚してハッピーエンドなのに、捉《とら》え方が全く逆ですね。でもシェイクスピアは両方のパターンを書いている（笑）。

眠りに潜む物語のカギ　深い眠りは死を招く!?

松岡　先程伺った強迫神経症と関わっているのかも知れませんが、不眠症や夢遊病も、その症状の一種と考えられるんですか？

河合　いや、不眠や夢遊病は、浅い段階でも深い段階でも起こります。だから不眠というだけでは、心のどの層に問題があるかは分かりませんね。

松岡　この芝居、「眠り」という切り口からも色々見えてきそうなんです。まず、登場人物がすごくよく眠る人と眠れない人に大別出来る（笑）。王様は熟睡して殺されるし、門番もぐっすり。でもマクベスや夫人、バンクォーは眠れないんです。

河合　門番っていうのは面白いね。お話はね、門番が寝ないと始まらない、見張っている人がいたら夢が見られない、すると事件も起こらない。だからどの物語でも門番はまず眠るんです（笑）。面白いねぇ、フロイト風に言えば門番＝検閲ですよ。我々で言えば日常の意思が門番。自分が死にそうな夢とか見ると目が覚めるでしょう。あれは門番が目を覚ましたんです。そこで意思が動かず、もっと突っ込んでいくと死んでしまいます。

松岡　夢の中で死ぬんですか？

河合　死にますね。

松岡　『ロミオとジュリエット』の中で、ロミオが見た夢はそれですね。シェイクスピアの時代って、今から四百年ぐらい前ですけれど、その頃からこういう病気はあったと……。

河合　今より多かったんじゃないかな。浅いか深いか、レベルは色々でしょうが。
松岡　マクベス夫人の夢遊病のレベルは？
河合　これは普通のスケールを超えてますね。殺すとか血とか、そういうイメージが出ているというのは。
松岡　でも彼女は正気の時には夫より遥《はる》かに冷静ですよね。むしろマクベスの方が想像力で生きている。殺人を終えた場面で夫人は、手についた血を見て「水がほんの少しあれば、やったことはきれいに消える」と言うのに、マクベスは、大海原の水で洗っても「逆にこの手が七つの海を朱《あけ》に染め、青い海原を真紅に変えるだろう」と。そこだけ読むと、彼の方が余程狂いそうな気がしますが……。
河合　うーん、奥さんが狂ってくれたおかげで、正常を保っているという言い方も出来ますね。狂う方は夫人に任せている。
松岡　なるほど、先程の「ネガティブな欲望」を全部奥さんに肩代わりさせたという、困った奴《やつ》ですね（笑）。
河合　でもそういう人、現代にもいっぱいいるじゃないですか（笑）。

ウィンザーの陽気な女房たち

松岡　『ウィンザーの陽気な女房たち』は、ほとんど全部のキャラクターに言葉の癖があるんです。まず、最初に出てくるシャロー判事は八十歳で、繰り返しが多い。年寄りのくどい言い方を、ちらっと押さえてる。

河合　僕もだいぶそうなってきたんですけど（笑）。

松岡　彼のちょっと頭の足りない甥《おい》っ子のスレンダーは、言い間違いなどの間抜けな言葉遣い。それから、ウェールズ人のエヴァンズ牧師は、ウェールズ語の特徴で英語をしゃべっていて、pとbやdとtがごっちゃになってるんです。ちょうど江戸っ子が〝ひ〟と〝し〟を言い分けられないのと同じ。私はどことも特定出来ないズーズー弁にしたんですけれども（笑）。フォルスタッフの手下のピストルは、芝居がかった言い方をします。日本でも歌舞伎《かぶき》がもっと庶民に近い時代には、子供でも「知らざぁ言って聞かせやしょう」なんて言っていましたよね。そのタイプなんです。そして、主役のフォルスタッフ。かなり頭がよくて、人の言葉尻《じり》をひねって返したり、決まり文句や慣用句のパロディ、比喩《ひゆ》や駄洒落《だじゃれ》ですね。これはもう河合さんの……。

河合　お得意のやつですね。

松岡　フロイディアン・スリップ・オブ・タング（フロイト的な言い損ない）という言葉がありますよね。

河合　ええ。

松岡　シェイクスピアはフロイトが誕生する前から、フロイトを先取りしているんですよ。この作品には、言い間違いをする人がいっぱいいて、だいたい何か性的な意味を帯びた語句になる。例を挙げるのも面映ゆいんですが……。ペイジ夫人とフォード夫人の〝お言いつけ〟を持ってきたクイックリーさんは、〝ディレクション〟という言葉を使わなきゃいけないのに、「エレクション」と言っちゃう。訳に困りまして、「奥さんがおっしゃった」というのを「おっ立っしゃ」と言わせ、それに対するフォルスタッフの返しを、「こちとらおっ立つものもおっ立ちゃしねぇ」としたんです。

河合　「一念勃起《ぼっき》して」と言ってる人物もいましたね（笑）。フロイトに『日常生活の精神病理』という本があるんです。その中で、いかに潜在意識が言い間違いとなって現れるか、沢山例を挙げています。セックスに限らないんですよ。「お礼は決して頂くつもりです」とか、本心が出てしまうんですよ（笑）。
松岡　シェイクスピアはそれをわりとセクシャルな方へ持っていったんですね。
河合　そうですね。
松岡　口癖ってどういうものなんでしょう。私、ある人とちょっとした文学談義になったことがあって、相手から「だから、だからって言うけど、ちっとも〝だから〟じゃない」と言われたことが（笑）。
河合　癖というのは個人の儀式なんです。例えば論戦だと、自分が通常使っていないエネルギーを流し込まないといけない。すると儀式が必要になる。相撲なんて、それがはっきりしていますね。一瞬に全力を出さないと負けだから、その前に仕切りという儀式が必要になる。野球でも、バッターボックスに入った打者は、みんな癖を持っていますよ。相手としては、その癖を突くと勝てる（笑）。
松岡　シェイクスピアは、意図的に口癖を持つ人を描いているんですね。
河合　彼ぐらいになったら、意図的かどうかは分かりませんよ。
松岡　ああ、その人になってしまう。
河合　おそらくそうでしょう。シェイクスピアは、その体験を面白がったんじゃないかな。

松岡　当時の演劇では、タイプを強調して人物を創《つく》るのが流行していたんです。この作品も筋を追うというよりは、人間のタイプを楽しむというか。シェイクスピア自身、一番多種多様な人間を書き込んだ作品と言えるかもしれません。ピストルなんてのは多血質の典型だと思います。

河合　人間はだれしも、タイプ分けが好きですね。日本では、今、みんなが血液型をいう。生まれつきの傾向性というのを承認したいんです。ユングはそれを外向型と内向型に分けた。僕はこの作品で、フォードとペイジという夫婦二組のタイプの違いにそれを見るんです。フォード夫妻は外向的で、どちらも「ちょっと浮気がしたい」と思っている。そこにフォルスタッフが飛び込んできたので、えらい楽しんでいるんです。ペイジ夫妻は内向的で、娘の結婚話で意見が完全に違う……。この二組の夫婦の言葉に特徴はないんですか。

松岡　ないんですよ、標準語できちんと喋《しゃべ》る。

河合　ひょっとしたら、普通の人という典型例なのかもしれません。

松岡　そうですね。ここが普通だよという定点。

河合　僕の読み方では、この話のテーマは中年夫婦の危機。当時の観客も、自分に当てはめて楽しんだと思いますね。

松岡　シェイクスピア劇の中で唯一《ゆいいつ》の現代劇なんです。しかもイングランドのウィンザーが舞台だから、ロンドンのお客はなおのこと、自分の問題として観たでしょうね。

河合　で、ペイジ夫妻の危機は、自分たちが薦めない第三の男を娘が選択して、丸く収まった。フォード夫妻の方は、フォルスタッフが救うんですよね。

松岡　フォルスタッフという人物に親近感は？

河合　ありますね。大好きです。こういう人はすごく世間を騒がしてるようで、実は世の破壊を上手《うま》く防いでいるんです。

松岡　彼のホラ話は。

河合　聞く方もだいたいホラと了解しているから、嘘《うそ》とは違いますよね。

松岡　フォルスタッフは、すごくうぬぼれていていい気なものなんですが、結構自分のことは分かってるんです。そこが憎めない。

河合　そうそう。このおじさんのおかげで、みんなの人生が楽しくなっている。そんなキャラクターですね。

お気に召すまま

河合　この『お気に召すまま』は、公爵《こうしゃく》が追放されたり、弟の財産を兄が独り占めしてしまったりで、ひとつ間違えばものすごい悲劇になるかも知れない物語が、見事に喜劇になってしまう。
　森に入ったとたん、悪人ががらっと善人に変わってしまう所なんて、ほんとにおもろいね。今回もシェイクスピアのすごさに、ただただ感心しました。
松岡　舞台になるアーデンの森は、ベルギー南端のアルデンヌ高原らしいのですが、オーク の木が生えている点では典型的なイングランドの森です。それなのに、オリヴァーが極彩色のヘビに嚙《か》まれそうになったり、オーランドーがライオンに腕の肉を食いちぎられたり……。ヨーロッパの森にそんな動物がいるわけないんですけれど、全然、違和感がない。
河合　堂々たる荒唐無稽《こうとうむけい》ですね。歌舞伎《かぶき》もここまで大胆ではないでしょう。でも、もっともらしくつじつまを合わせるよりも、かえって、ライオンなんかが登場する方が、この話にぴったり合う気がします。

松岡　以前『夏の夜の夢』についてお話をうかがった時、森は無意識の世界そのものだとおっしゃいました。今回の『お気に召すまま』も森が舞台ですが、こちらは「癒《いや》しの森」というか、「こころの森林浴」というか、安らぎのイメージを受ける場所として描かれていますね。

河合　そう、最初は宮廷と森の対比があるけれど、最後は誰も彼もが森にやってきて、森の中で話が終わってしまう。前公爵が森の住人の格好をするのも、森の力がこころに影響を与えているせいと思いますね。森によっていろいろなものが変わったわけです。

松岡　宮廷と森の生活という対比に、シェイクスピアは「ワーキングデイ（平日）」と「ホリデイ」という言葉を使っているんです。森の中ではみんなホリデイになるから、解放されて人も変わる。現代に置き換えると、人間を解放するのは森の緑であり、休日の安らぎ。ここには人間の満足と不満の対比も重なっています。都会で仕事をしているだけじゃこころは解放されないよ、というメッセージが、この『お気に召すまま』には込められているのかもしれません。

人の一生は輪のように

松岡　「この世界すべてが一つの舞台、人はみな男も女も役者にすぎない」。これは、この作品の有名な台詞《せりふ》ですが、それに続くのが、人生を七幕の芝居にたとえる台詞です。「第一幕は赤ん坊、第二幕は小学生、第三幕は恋する男……」と続き、最後の第七幕には、年老いて赤ん坊のような状態に戻ってしまうと言っている。人生のライフステージを七段階に分けているんですが、これをどうご覧になりますか。

河合　私たちがよく知っているのは、孔子の「十有五にして学を志し、三十にして立つ、四十にして惑わず……」ですね。いろんな分け方がありますが、七という数字は、「七不思議」というようにいろいろなところで使われることの多い数字なんです。独自の学校教育で知られるシュタイナーも、〇歳、七歳、十四歳、二十一歳と、七の倍数で人生を考えています。

松岡　七段階というと直線的に見られがちですが、登場人物のジェイクイズによれば、七番目はまた一番目に戻ってきますね。第二の赤ん坊だと言って。

河合　ライフステージが円環になっているという考えは、東洋だけではなく、もともとヨーロッパにもあったんです。しかし時代が下るにつれ、だんだんキリスト教文化が入ってきて、一直線に天国へ向かっていくようになる。
ヒンズー教では四住期といって、人生を四つに分けます。学生期、家庭期、林住期、遊行期です。四十歳から六十歳までは、林の中で自分を見つめる「林住期」と呼ばれているんですよ。

松岡　この芝居の登場人物たちのように、林の中に住むのですね。
でも本当のことを言うと、このジェイクイズの台詞は、女の側からするとどう読んでいいのか困ってしまいますが……。

河合　いや、実はね、洋の東西を問わずほとんどのライフステージは女性のことを考えていないんじゃないですか。

松岡　ええっ、そうなんですか？

河合　たとえば、フロイトは「すばらしい女性と結婚して、金持ちになって、地位があることが人生の幸福である」って言ってるんです。もっと老年のライフステージについて言い出したのがユング。一番有名なのは人生を八段階に分けたエリクソンの発達段階論ですが、やはり男のことしか考えていないんです。

松岡　それは、フロイトやエリクソンが男性だからですか？

河合　女性には、ちゃんと、生理的なライフステージがあるでしょう。思春期でも、女のほうは自分に確かに来たということがわかりますし、結婚や、出産、更年期も体で全部わかる。だから、女性はライフステージをやかましく言う必要はないんです。ところが、男はライフステージを意識して、それに合わせて「頑張って大人になる」のです。だから、男はみんな大変なんですよ。

松岡　そう考えると、なんだか気の毒ですね。

道化までが結婚する不思議

松岡　この作品の特徴的な女性は、なんといってもヒロインのロザリンドですね。お姫様なのに、変装して男女両性的な人物になってしまうんですから。『十二夜』のヴァイオラも男装しますが、彼女の場合は身分を隠しておく必要があるのでずっと男の子で通します。でもロザリンドは、森に入って家を買ってからは男の子に変装している必然性はないんですよ。そもそも、宮廷から森への道中の安全のために男装したんですから。

河合　ロザリンドは、男のままで恋愛の言葉を交わすわけでしょう。このあたり、普通の男女の恋愛と大きく違いますよね。

松岡　言ってみれば、ここで展開しているのは素直じゃない恋愛です。お互いに相手をテストするような台詞も出てきますしね。

ロザリンドの台詞にも「口説いてるときの男は四月だけれど、結婚したら十二月。女だって娘のうちは五月だけれど、人妻になれば空模様が変わるのよ」というのがありますね。ゆくゆくは結婚し、夫になって子どももうけようとする相手に、「私はこうなるからね、覚悟しなさいよ」というようなことを言っている。もしかしたら、そのことを言うために男装をしているのでは、とさえ思いました。

河合　結婚と言えば、この芝居でものすごく不思議に思った点があるんです。道化のタッチストーンも結婚するでしょう。道化は結婚しないのが普通なのに。

僕が知っている道化の中で唯一《ゆいいつ》結婚してるのは、モーツァルトの『魔笛』に出てくるパパゲーノとパパゲーナ。あれは女の方も道化なんです。道化同士の結びつきだから、もともとの結婚の意味よりも、むしろ、はじめから同一なんです。ところが、タッチストーンは森にいる普通の女性と結婚してしまう。これは珍しいのではないですか。

松岡　そうですね、他のシェイクスピア作品に出てくる道化、たとえば『リア王』の道化は、性的な能力がない人物という解釈もあるほどですから。権力者の前で何を言っても許される代わりに、男としての人並みの生活はありえない、ともいえます。

河合　本来、道化は男女両性具有的な存在です。ジェイクイズがタッチストーンのことを、まだら模様の服を着た男だと言いますが、この世では、男と女との対比がとても大事なんです。だから男と女どちらでもない道化は、何をやっても許されるわけです。道化は黒でもなく白でもない存在だから、まだら模様の服を着ている。それなのにこの芝居では結婚してしまうのです。

松岡　最後にジェイクイズに、祝福の言葉と見せかけて「どうせ、この恋の船旅には二か月分の備えしかないだろうから」と言われますが、あまり長続きするとは思われてない。

河合　結婚相手の女性の交際相手ウィリアムに脅しをかけて、強引に手を引かせたりする。道化なのに、ちょっと主役のような行動までする、そこがとても面白く、また不思議でした。

松岡　そういえばこの芝居って、みんなが道化という風にも見えます。たとえば、オーランドーも、男装したロザリンドとの関係では道化的といえなくもない。

河合　なるほど。ロザリンドも、男装して両性具有的になりますから、ちょっと道化的な存在ですし、ジェイクイズはほんとうに道化の役割ですね。

松岡　ジェイクイズは、タッチストーンとコインの裏と表の関係にある人物だと思います。この二人は、正の道化と負の道化というような所がありますね。

河合　そうそう、たしかにジェイクイズの方は結婚しない。「結婚はタッチストーンがやったから、こっちはしない」ということでしょうね。いずれにせよ、道化すら結婚するということが、『お気に召すまま』というタイトルと何か深い関係があるように思えますね。

全世界をひとつの森として描く

松岡　ところで、この作品の原文には「world」という言葉がたくさん出てくるんです。調べてみたら二十八か所もありました。これはシェイクスピア作品の中でもとびきり多い。一番多いのが『アントニーとクレオパトラ』で、こちらは三十か所以上出てきます。

河合　なるほど、『アントニーとクレオパトラ』は、古代エジプトやローマ帝国が舞台で、それこそ世界規模の劇ですからね。それはうなずけます。

松岡　それに対して『お気に召すまま』は、ひとつの森が舞台です。でも、これだけ「world」という言葉がたくさん出てくるのは、この森を描きながら、シェイクスピアの頭の中にはとても広い、それこそ「全世界」があったからではないでしょうか。

河合　ひとつの森が『アントニーとクレオパトラ』の世界に相当するというのは興味深いですね。そうなると、オーランドーとロザリンドの恋愛は、アントニーとクレオパトラの恋愛に匹敵するとも考えられる。

松岡　シェイクスピアには、ヒーローとヒロインのカップルがタイトルになっている作品が三つあります。『ロミオとジュリエット』『トロイラスとクレシダ』『アントニーとクレオパトラ』。順番に見てくると、だんだん背景のスケールが大きくなり、恋愛の苦みが増してきているんですね。

『お気に召すまま』でも、オーランドーは、相手が好きで好きでたまらないロマンチックヒーローですけど、ロザリンドはそれを滑稽に見せようと意図的に苦みのあるヒロインになっているようにも思います。

それでいながら、ロザリンドは、オーランドーがケガをしたと聞くと気絶してしまったり……。

河合　あれはいいシーンです。いかにも恋している者らしい、素直な自然の反応です。

松岡　洗練された苦みのある恋愛だけでなく、気絶するような一途《いちず》さも描いて、素朴なドラマもちゃんと仕込んである。さすがシェイクスピアだなと。

河合　気絶までさせようと思ったら、やっぱり森の中にライオンぐらいの動物が出てこなくちゃいけない。

松岡　サルにひっかかれるくらいではだめなのですね。そのへんもシェイクスピアはよく分かっているんですね。

河合　登場人物がみな、森に入ることで変わり、すべて丸くおさまってしまう。自然と人間を対立させない東洋人の書いたものなら納得できるんです。でも、英国人のシェイクスピアが、既に十六世紀にこういうものを書いている。森の持つ力をここまで大きく扱うとは驚きました。シェイクスピアという人は、何を作り出すかわからない。本当に、奥が深い劇作家なのですね。

決定版増補

タイタス・アンドロニカス

勝利の後に起きる戦争

河合　いきなりで何ですが、本当にすごい話やね。僕はこの『タイタス・アンドロニカス』を中学二年の頃に読んで、本当に怖《おそ》ろしい思いをした記憶があるんです。

松岡　登場人物二十五人中十三人が殺され、そのうち六人をタイタスが殺します。暴力、殺害、仇討《あだう》ちは日本の物語にも出てきますが、シェイクスピア劇での現れ方は日本のものとはまったく違うんですね。

河合　第一幕で、いきなり自分の息子ミューシアスを殺しますね。これは「凱旋《がいせん》将軍のイニシエーション」の失敗だと思う。戦いから帰った者は、普通の生活に戻れないんです。ローマ帝国の時代でも、アメリカのベトナム帰還兵も同じように、勇者は簡単には日常に帰れないのです。幕開きは、「凱旋」というのがいかにすごい事かを分からせてくれます。

松岡　しかもその「凱旋」は戦死者の「葬送」と対《つい》だし、タモーラの長男を生《い》け贄《にえ》にしています。話が進むにつれて死者が増え、最後には四人がいちどきに死にます。それも手の込んだ残虐《ざんぎゃく》な方法で……。
河合　シェイクスピアもすごい劇を書いたもんですね。他にこういうのはありますか？
松岡　ないんです。これは『ロミオとジュリエット』より前の作品なんですが、シェイクスピアはローマ史を頭に入れて完全なフィクションを書いたのです。わざわざラテン語も入れ込んで。
河合　上演もよくされたのでしょうか？
松岡　シェイクスピアの時代には人気演目だったようですが、その後はあまり上演されていません。最近は、世界というか人類そのものが暴力的になってきていることもあって再評価されている。とても現代的なところがあります。
河合　今はまさに「凱旋将軍」が張り出している世の中です。勝ち組が威張ってるという風に考えるとものすごく意味のある内容を持つ劇であることが分かりますね。
平和を迎えるための大きな犠牲
松岡　翻訳していてハッと気がついたのですが、一幕一場には、命令形の台詞《せりふ》がとても多いんです。冒頭の、サターナイナスとバシエイナスによる皇帝選挙の演説からしてそうだし、タモーラが息子の命乞《いのちご》いをするところなど、呼びかけては命令するところがとても多いのです。

河合　サターナイナスとバシエイナスは、本来なら皇帝の対立候補としてのからみがあるはずなのに、まったくディスカッションがありませんね。タイタスがやってきても、自分のこれまでを説明するだけで会話はしていない。

松岡　そうなんです。将校のような小さな役でさえ「ローマ人よ、道をあけてくれ！」というように、呼びかけては命令する。ここには対話がないんです。問答無用。そしてその後は、言葉の暴力から、強姦《ごうかん》、人殺しというように暴力性がエスカレートして行きます。私は、命令形の背後に暴力性を強く感じるのですが、このあたりをどうお考えになりますか。

河合　ポイントは、戦争じゃないでしょうか。戦場というのは命令文だけの世界なんですよ。命令に反対した者は殺される。

作品の冒頭で、タイタスが息子をいきなり殺すのにはびっくりしますが、これは当然のこととも言えるんです。戦場で将軍として君臨していたタイタスは、反対されたら誰であろうと殺すよりしょうがない。その証拠として、まず一番始めに自分の息子を殺す。こんな時に息子を殺さんでもよいと思いますが、戦場での常識からいえばそれが当たり前なんですね。
ウソやごまかしを適当に許容しているのが、通常の平和な世界です。しかし戦場ではちょっとした反対やウソでさえ許されず、殺すより仕方がないということになる。タイタスの息子殺しは、「戦場」が平和な世界の中に持ち込まれていく幕開きのように思います。しかも、タイタスは英雄だからそれに反対できる者がいない。凱旋将軍というのは、実際は戦場でむちゃくちゃに殺してきた人なんです。しかし帰ってくると、人々からは勇者で立派な人だと思われる。それに乗せられて誰もかれもが命令を発するようになり、悲惨なまでに暴力が広がっていくという訳です。
松岡　なるほど、そう考えれば命令形の多いのも当然ですね。
河合　いわゆる非近代的な民族の間には、戦いに行くときの儀式とともに、戦士を日常の世界へ戻す儀式が存在します。今までなにもなかった人が他人を殺しにいくのだからすごい儀式があって、そして戦争から帰ってくると、また儀式を経て普通の人間に帰る。ところが、近代的な社会ではそのイニシエーションの儀式がなくなってしまったんです。
松岡　『タイタス・アンドロニカス』が描いているのは、一見すると戦後だけれど、実は戦争の続きだということですね。
河合　最後に、タイタスの息子ルーシアスが跡を継ぎローマの内乱が終わりますね。つまり、子供がローマ皇帝になることで自分の血筋はずっと続いていく、それ以外は全部殺してしまう男の物語、とも読めます。命令形とともに暴力が平和な社会に持ち込まれ、そしてまた元通り、命令をしなくてもいい世界に戻っていくわけです。
これだけの殺人がないと、息子であるルーシアスはタイタスの跡を継げなかった。普通ならタイタスが戦場から帰ってきてすぐ、ルーシアスが跡を継いでも良さそうなものなのに、そうはならないところが興味深いですね。
現代的な人物のエアロン
河合　タイタスはたくさんの殺人に巻き込まれ、自分もたくさんの人を殺すけれど、面白いことにローマ皇帝になる息子のルーシアスは、殺し合いの場から遠く離れたところにいるのはなぜでしょうか。
松岡　息子ということで言えば、この作品には三つの異なる「息子の命乞い」があります。最初は、長男を生け贄にしないでというタモーラによる命乞い。次が、タイタスによる息子二人の命乞い、そして最後が、エアロンによる混血の赤ん坊の命乞いです。

この辺が、シェイクスピアの書き分けの巧みなところなんですが、三人それぞれの命乞いの条件が面白いんですよ。タモーラは、タイタスに倫理で迫ります。タイタスは、自分の手という「物」を渡すから息子の命を助けろと言う。最後のエアロンは、面白いことに「知っていることを教えるから赤ん坊を助けろ」と、情報と引き換えにするんです。

河合　そして、エアロンだけが命乞いに成功するということやね。

松岡　そうです。先ほど、ルーシアスだけが殺されない離れた位置にいるとおっしゃいましたが、そのポジションにいるためには、エアロンから得る情報が必要なわけです。皇帝として立つためには、この惨劇がなぜ起きたのかを知っていて説明できなくてはいけない。それを全部知っているのがエアロンという人物なんです。

河合　欧米には、情報を教えれば減刑する司法取引というものがありますね。その辺が、現代によう似てるねえ。

松岡　命乞いひとつとっても、非常に古典的な、倫理による命乞いから、自分の体を交換にという「身の代《しろ》」を使う方法、そしてまるで現代の情報戦のようなところまで行っている。ここもシェイクスピアのすごいところだと思います。

河合　僕は、タイタスの影にあたる人物がエアロンだと感じました。この作品の中でタイタスは「高潔の士」と呼ばれていますね。高潔の士がいれば、その反対の存在が必要です。タイタスとエアロンの関係は、オセロとイアゴーの関係によく似ていますね。

松岡　エアロンは登場人物の中で一番身分が低いはずなんですけど、実際には、彼が関わるあらゆる人物に命令を発するんです。タモーラとは、身分から言えば女主人と奴隷《どれい》の関係ですが、愛人としては完全に対等になる。女王であるタモーラの息子たちに対しても、ああしろ、こうしろと命令するし、タイタスに対しても、皇帝の威光を借りてではあるけど手をよこせと命令する。そういう意味で、エアロンは誰に向かっても対等なんですね。

先ほど河合さんは、エアロンはタイタスの影であるとおっしゃいました。そう考えると、エアロンの独自性が見えてくるように思います。確かに数限りない悪事を働いてきた人物ですが、演じる側の俳優にしてみれば、一番興味を引かれる人物でしょうね。

対立するふたつの家族

河合　ところで、タイタスの奥さんが出て来ませんね。子供が二十数人もいるなら奥さんがいっぱいいても不思議はないのですが、全然出てこないでしょう。タイタスは父権性のかたまりのような人物だと感じますが、反対に、「女性」性というものがまったく隠れてしまっている。

松岡　代わりに、ゴート人のタモーラという異民族の女性が登場しますね。

河合　僕はこのタモーラがすごく大事な人物だと思うんです。ちょうどタモーラが、タイタスの娘であるラヴィニアの影になっている。勝ち組であるタイタス親子ときわめて対照的に描かれているのがタモーラ親子です。

松岡　タモーラは父権性に対する対立項だと思うのですが、彼女と息子たちの、ちょっとゆがんだような親子関係を、どう感じられましたか？

河合　タモーラ親子はすごく悪いことをしているんだけど、一方で、勝った者には理解できない、負けた者だけが知っている屈折した人生の味を持っている家族だと思います。奥さんが不明のタイタス親子に対して、タモーラ親子は夫が不明になっている。相互補完的な関係なのに、それぞれがまったく違う対照的な立場にいることが面白いですね。それに比べるとサターナイナスとバシエイナスは、タイタス一家とタモーラ一家の間にあって目立たなくなっています。

父権社会の父と娘

河合　タイタス一家にいるたった一人の女性がラヴィニアですね。しかしこの作品の中で、一番個性がないのが彼女だという気もします。

松岡　ラヴィニアは幸福の絶頂にありながら、夫を殺され、犯されて、舌を切り取られる。一見すると被害者の象徴のような人物です。でもそうされる前に彼女がどういう行動をとっていたかというと、居丈高で人種差別もする。見方によっては、けっこう嫌な女なんですね。

河合　つまりそれは、父権社会の女性像をみごとに描いているんです。父の価値観を全部背負っている娘という存在を。

父権性がとても強いときは、その娘である女の人は人形になるんです。エアロンは、悪人だけど人間のにおいのようなものがある。でもラヴィニアは、最初はただいるだけのような女性です。父権性の強い男にとっては、妻とは違い、娘はただ可愛《かわい》くてきれいであればそれでいい訳ですから、パーソナリティはいらなくなってしまう。だから、いかに人形のような存在であるかを観客にわからせるため、ラヴィニアは手と舌を切り取られてしまうという見方もできます。しかしラヴィニアは、とうとう最後のところで一個の人間としての自己表現ができるようになるでしょう。こういう展開にしたシェイクスピアはすごい才能だと感心しました。考えてみれば、タモーラの二人の息子が森でラヴィニアを殺すと書いてもおかしくないですからね。

松岡　おっしゃるようにラヴィニアは、単にかわいそうなヒロインという存在ではないですね。

河合　そうです。タイタスの奥さんが出てこないということと、ラヴィニアが父権社会の女性像そのままであるということは深い関係がある。しかもラヴィニアは、その女性像の通りに行動してなんの疑問も持っていなかった。ところが、全く違うやつらがやってきて、本当に動けない状態にされてしまう。

松岡　先ほど命令形が多いと申し上げましたが、それに反比例するように少ないのが疑問形の台詞なんです。ところがタイタスが疑問形で語り始めるのが、ラヴィニアが舌を切り取られてからなのです。これはとても皮肉ですね。口がきけないからこそ、タイタスは、ああなのか、こうなのかと娘の気持ちを思いやる姿勢をようやく持ったのです。ところがラヴィニアは、もう答えられない。
河合　そういう点でいうと、これは戦争で勝利をというバリバリの父権性というものが、戦争後の世界でどのように変わっていくべきかを示唆《しさ》している作品なのだと思います。
　勝ち組の恐ろしさ、そして悲劇。『タイタス・アンドロニカス』で描かれたような惨劇が、どのようにして、後継者であるルーシアスの皇帝就任へとつながっていくか。これは戦いに勝って喜んでいる国の人にこそ見せなくちゃいけない芝居ですね。腹を据えて見にゆかないといけない。
松岡　蜷川さんがこの戯曲を、今、上演する意味も、まさにそこにあるのかもしれません。
河合　この戯曲を語りながら、現代につながる問題をいろいろ考えさせられました。シェイクスピアはほんまにすごいですね。

増補版　あとがき

いまになって「ああ、そう言えば……」と、ほとんど呆然《ぼうぜん》としてしまう。

河合さんの胸をお借りしてシェイクスピアの作品を読み解こうという企画が始動したのは一九九七年の暮れだ。翌年に始まった、彩の国さいたま芸術劇場の蜷川幸雄演出によるシェイクスピア・シリーズの公演パンフレットのため。その対談が『ロミオとジュリエット』『間違いの喜劇』『夏の夜の夢』『十二夜』『ハムレット』『リチャード三世』と六本分たまり、新潮社から『快読シェイクスピア』として一九九九年の初頭に出版された。どの対談でも、こちらは目から鱗《うろこ》が落ちっぱなしだった。

だが、その後取り上げた『マクベス』『ウィンザーの陽気な女房たち』『お気に召すまま』『リア王』の対談はパンフレットに載っただけで、そのままになっていた。あと一本の戯曲についてお話をうかがったら、合わせて「快読」第二弾になるはずだった。文化庁の審議会や河合さんの講演会、フルートの演奏会などでお目にかかるたびに「次は『テンペスト』ですかね。早くやりましょう」などと言ってくださり、私も楽しみにしていたのだけれど。

『お気に召すまま』の拙訳の出版は二〇〇七年の六月。その「訳者あとがき」に、対談時の河合さんのご発言を一部引用した。呆然としたのは、それを引き写していた時である。

対談に先立ち、伺いたいことをあれこれ思いつくたびに、私はコンピュータの「快読ファイル」にメモしていた。だが、それを前もって河合さんにお伝えしたことは一度もない。普通ならそうするだろうに。予《あらかじ》め決めてあるのは「次はこの作品」ということのみ。しかも、私は私で、用意していた項目以外のこともその場の話の流れでどんどん質問する。河合さんにしてみれば、まるでクレー射撃の射手のようなお気持ちだっただろう。私の投げるカワラケがどこからどう飛んでこようが、河合さんは見事に撃ち落してくださった。目がくらむほど豊富な知識と経験、そして明敏な洞察力が有機的につながっているからこそ可能なことではある。

単行本にさらにいろいろと書き足して、『快読シェイクスピア』が文庫本になったのが二〇〇一年。けれどこれも絶版になり、かなりがっくりしていたのだが、嬉《うれ》しいことにちくま文庫からの出版が決まった。「増補版」となっているのは、公演パンフレットへの掲載だけだった四本の作品についての対談を収めたからである。
そこで、久しぶりにコンピュータの「快読シェイクスピア」と名づけたフォルダを開けてみた。ずらっと並ぶいくつかのファイル。ファイル名のひとつは「快読シェイクスピア用メモ」。さらにそれを開くと、シェイクスピア劇のタイトルごとにいくつかの項目が箇条書きにしてある。たとえば『ウィンザーの陽気な女房たち』というタイトルの下には——
気質喜劇　comedy of humours——4 humours という考え方。現代では全く通用しない？
ユング心理学の「タイプ論」
人間を分類するということ、血液型から動物占いまで
騙《だま》す・騙される
口癖、喋《しゃべ》り方の個人的特徴
言い間違い（Freudian slip of tongue）
嘘《うそ》と法螺《ほら》
フォルスタッフは好き？

「次は……」と言ってくださっていた『テンペスト』というタイトルの下の箇条書きは――

教育の問題（プロスペローとキャリバン）
怨念《おんねん》vs再び裏切りについて、赦《ゆる》し
駄洒落《だじゃれ》――反権威・反秩序
姿勢を含む外見と精神との関係（キャリバンから篠原涼子のオフィーリアまで）
音楽の力と効用――癒《いや》し（cf.『リア王』）
黒魔術と白魔術

当の戯曲を翻訳しているあいだだけでなく、何かの折りにふと「そうだ、河合さんにうかがってみよう」と頭に浮かんだ事柄をアットランダムにメモしておいたのだ。

この対談にまつわる忘れられない情景がある。シェイクスピア・シリーズは河合さんのご都合がつくかぎり見ていただいたが、その第一弾の『ロミオとジュリエット』は、大阪公演をご覧になった。とても感動したとおっしゃったので、終演後、ロビーでの打ち上げでスピーチをお願いした。河合さんは『快読シェイクスピア』の「あとがき」に当たる「エピローグ」でもこの舞台に触れ、「十四歳の内界における嵐がどんなに凄《すさ》まじいものか、この嵐とけなげに戦ったり、打ちひしがれたりした少年、少女の姿——私が面接室でお会いした人たち——の姿が何度も何度も眼前を往来した」と書いておいでだけれど、スピーチの途中で涙ぐみ、言葉を詰まらせてしまわれた。そんな河合さんの姿と柔らかな心に接して、蜷川さんを含むスタッフ・キャストの面々のほうがすっかり感激してしまったものだ。

とにかく河合さんとのシェイクスピア談義は「楽しい」の一語に尽きた。尽きないのは話題（これはシェイクスピア劇の豊かさのおかげでもある）、そして笑い（連射されるお得意の駄洒落のおかげ）である。「オモロイこと」の好きな河合さんは、何よりもシェイクスピアを面白がっていらっしゃった。それに感染して私もウキウキした気持ちになる。

ところで、対談の二、三週間後に送られてくるテープ起こし原稿を読んで「え、あたし、こんなことまで喋ってたの！」とアセること一再ならず、と言うより毎回かもしれなかった。子供時代のことから身内との関係にいたるまで、それまで誰にも言った憶《おぼ》えがないようなことまでぽろぽろ喋っている。河合さんには人の「構え」を解く力がおありだからに違いない。

というわけで、河合さんの包容力とオモロイ話に魅了されっぱなしの私は、ほとんど「追っかけ」の域に達し、講演会からフルート演奏つきのレクチャー・コンサートまで、都内はおろか京都にも河口湖畔にも足をのばしたものだ。

それにしても、どの対談でも実によく笑った。いつもいつもオモロかった。初対面のとき「河合先生の大ファンです」と申し上げると、「最近そう言われることが多くてね、困ってるんですよ……ファン神経症でね」、とそもそも大笑いから始まったのだった。目をつぶると、笑顔の河合さんしか浮かんでこない。

「快読ファイル」にずらっと並ぶ質問事項のカワラケたちはいま、河合さんの答えを待ったままじっとうずくまっている。私と一緒に途方に暮れている。

装《よそお》いも新たになった『快読シェイクスピア』と河合先生の言葉が改めて多くの読者に届くことを願うとともに、ちくま文庫からの出版をご快諾くださった先生の奥様、河合嘉代子さんにお礼を申し上げます。

二〇一〇年一一月

松岡和子

十年間で最大の朗報　決定版　あとがきに代えて

新潮文庫の編集者Hさんから「河合隼雄さんとの共著『快読シェイクスピア』について、ご相談させていただきたくメールしました。本書を、来年3月下旬発売にて刊行させていただけたらと思います」というメールが来たのは二〇一七年十二月六日。私は読んですぐさま返信した（実は、普段は、マツオカさんはレスが遅いと不評なのだが）。

「ここ十年間で最大の朗報です。嬉《うれ》しいです。感謝です。これでやっと河合先生の見事な『タイタス・アンドロニカス』論が日の目を見られます。ほんとうに、ほんとうに、ありがとうございます」と。

「ここ十年間で」というのはそのとき咄嗟《とっさ》に出た年数だが、あとで考えてみると、河合さんが亡《な》くなったのは二〇〇七年七月だから、件《くだん》の朗報は本当にそれから十年後になるのだった。「河合先生の見事な『タイタス・アンドロニカス』論」とは、本書の最後に「決定版増補」として収められている一章だ。

思えば『快読シェイクスピア』が一九九九年に新潮社から単行本で出て以来、この「決定版」として再登場するまでにはかなりの紆余《うよ》曲折があった。二〇〇一年に単行本が新潮文庫に入ったが、その後絶版になり、二〇一一年に「増補版」がちくま文庫から出版された。新潮社から筑摩書房へ。増補されたのは、『リア王』『マクベス』『ウィンザーの陽気な女房《にょうぼう》たち』『お気に召すまま』の四本についての対談で、彩の国シェイクスピア・シリーズのパンフレットに載ったきり、『快読シェイクスピア』の続編とはならないままだったもの。「増補版」のあとがきでも私は何度か「四本」と言っているが、実は『タイタス・アンドロニカス』について語り合った五本目があったのだ。それが私の記憶のブラックホールに落ちてしまったと言おうか、増補から外れてしまった。とにかく百パーセント私の落ち度である。「増補版」が出てすぐに気づいたのだがもう手遅れ。ほぞを噛《か》んだ。その五本目が入ったのが「決定版」である。

筑摩書房から新潮社に里帰りして。これを紆余曲折と言わずして何と言おう。

『タイタス・アンドロニカス』の章をご一読なさればお分かりいただけると思うが、河合さんのこの残酷悲劇の読解は鋭く深い。なにしろ戦争によるＰＴＳＤすら読み取っておいでなのだから。これがようやく日の目を見た喜びを読者諸氏と共にしたい。

シェイクスピア劇が決して古びないように、河合さんのシェイクスピア劇への慧眼《けいがん》とユーモアをなみなみと湛《たた》えた語り口も決して古びない。末長くご愛読いただければ幸いである。

二〇一八年二月

松岡和子

この作品は一九九九年二月新潮社より刊行され、二〇〇一年十一月新潮文庫に収録されたのち、二〇一一年一月ちくま文庫より刊行された。底本にはちくま文庫版を使用した。増補部分はちくま文庫版および「彩の国シェイクスピア・シリーズ」の公演パンフレット掲載分（二〇〇四年）を使用した。

河合隼雄著
こころの処方箋
「耐える」だけが精神力ではない、「理解ある親」をもつ子はたまらない――など、疲弊した心に、真の勇気を起こし秘策を生みだす55章。

松岡和子著
深読みシェイクスピア
松たか子が、蒼井優が、唐沢寿明が芝居を通して教えてくれた、シェイクスピアの言葉の秘密。翻訳家だから書けた深く楽しい作品論。

シェイクスピア
中野好夫訳
ロミオとジュリエット
仇敵同士の家に生れたロミオとジュリエット。その運命的な出会いと、永遠の愛を誓いあったのも束の間に迎えた不幸な結末。恋愛悲劇。

シェイクスピア
福田恆存訳
ハムレット
シェイクスピア悲劇の最高傑作。父王の亡霊からその死の真相を聞いたハムレットが、深い懐疑に囚われながら遂に復讐をとげる物語。

シェイクスピア
福田恆存訳
リア王
純真な末娘より、二人の姉娘の甘言を信じ、すべての権力と財産を引渡したリア王は、やがて裏切られ嵐の荒野へと放逐される……。

シェイクスピア
福田恆存訳
夏の夜の夢・あらし
妖精のいたずらに迷わされる恋人たちが月夜の森にくりひろげる幻想喜劇「夏の夜の夢」、調和と和解の世界を描く最後の傑作「あらし」。

決定版　快《かい》読《どく》シェイクスピア

新潮文庫　シ－1－51

平成三十年四月一日発行
令和四年十月三十日二刷

著者　河《かわ》合《い》隼《はや》雄《お》
　　　松《まつ》岡《おか》和《かず》子《こ》

発行者　佐藤隆信

発行所　株式会社　新潮社
郵便番号　一六二―八七一一
東京都新宿区矢来町七一
電話　編集部(〇三)三二六六―五四四〇
　　　読者係(〇三)三二六六―五一一一
http://www.shinchosha.co.jp

価格はカバーに表示してあります。

乱丁・落丁本は、ご面倒ですが小社読者係宛ご送付ください。送料小社負担にてお取替えいたします。

印刷・錦明印刷株式会社　製本・錦明印刷株式会社

ISBN978-4-10-125253-7　C0195